마지막 수업

도데 단편선 ❷

마지막 수업

도데 단편선 ❷

알퐁스 도데 지음 | 조정훈 옮김

더클래식

| 일러두기 |

* 이 책은 알퐁스 도데 Alphonse Daudet의 단편집 《월요 이야기 Contes du lundi》에 실린 작품 중에서, 가장 널리 알려지거나 높이 평가되고 있는 작품을 발췌하여 수록한 것이다.
* 위의 원작 중에서 〈마지막 수업〉이 가장 대중적으로 알려져 있으므로, 이를 제일 먼저 실었음을 밝힌다.

1부

판타지와 이야기

———

마지막 수업
– 어느 알자스 소년의 이야기

그날 아침, 나는 학교에 몹시 늦게 되었습니다. 그래서 아멜 선생님께 꾸중 들을까 겁이 났습니다. 특히나 선생님께서는 그날 분사법에 대해 질문을 하겠다고 하셨는데, 분사법에 대해선 아무것도 몰랐기에 더 겁이 났습니다. 순간 아예 수업을 빼먹고 그냥 들판을 쏘다닐까 하는 생각도 했습니다.

날씨는 너무나 따뜻하고 맑았습니다! 숲 가장자리에서는 티티새의 노랫소리가 들려왔고 리페르 초원의 제재소 뒤편에서는 프러시아 군인들이 훈련하는 소리가 들려왔습니다. 내게는 이 모든 것이 분사 규칙보다 훨씬 좋아보였습니다. 하지만 그런 마음을 억누르고 나는 서둘러 학교를 향해 뛰어갔습니다.

면사무소 앞을 지나는데 많은 사람들이 조그만 게시판 앞에 서 있는 것이 보였습니다. 이 년 전부터 우리는 나쁜 소식이란 나쁜 소식들은 모두 이 게시판을 통해 알게 되었습니다. 전쟁에서 졌다는 것, 징병, 사령부의 명령 같은 소식들이었지요. 계속 길을 재촉하면서 나는 생각했습니다.

'또 무슨 일일까?'

그런데 광장을 가로질러 다급하게 뛰어갈 때, 자기 견습공과 함께 게시문을 읽고 있던 대장장이 바슈테르 아저씨가 나를 향해 소리쳤습니다.

"그렇게 서두를 필요 없다. 어차피 지각 같은 건 없을 테니!"

나는 아저씨가 나를 놀리는 거라고 생각하면서 숨을 헐떡이며 아멜 선생님의 작은 안마당에 들어섰습니다.

보통 수업이 시작될 때면, 책상을 여닫는 소리, 다 함께 귀를 틀어막고 큰 소리로 배운 것을 암송하는 소리, "다들 조용히!" 하며 선생님이 커다란 막대로 책상을 탁탁 치는 소리가 길거리까지 들려오곤 했습니다.

나는 그런 사이를 틈타 몰래 자리에 들어가 앉을 생각이었죠. 그런데 그날은 마치 일요일 아침처럼 조용하기만 했습니다. 열린 창문 너머로 이미 제자리에 앉아 있는 친구들의 모습과 아멜 선생님이 그 무서운 쇠막대를 팔에 끼고 왔다 갔다 하는 모습이 보였습니다. 어쩔 수 없이 나는 문을 열고 그 조용한 교실 한가운데로 들어가야만 했습니다. 내가 얼마나 얼굴이 빨개지고 겁이 났을지 한번 생각해 보세요!

　그런데 웬일입니까? 아멜 선생님께서는 나를 보고도 화난 기색도 전혀 없이 아주 부드럽게 말씀하셨습니다.

　"프란츠, 어서 네 자리로 가서 앉아라. 너를 빼고 수업을 시작할 뻔했구나."

　나는 의자를 뛰어넘어 재빨리 책상에 앉았습니다. 두려움이 조금 사라지자 나는 선생님이 장학사들이 오는 날이나 상장을 주는 날 입으시던 멋진 푸른색 프록코트와 얇은 가슴 주름 장식이 접힌 셔츠 그리고 수를 놓은 검은색 비단 모자를 쓰고 계시다는 것을 알아차렸습니다. 더구나 교실 전체가 평소와는 달리 왠지 엄숙한 분위기였습니다. 무엇보다도 나를 놀라게 한 것은 교실 뒤쪽, 평소에는 비어 있던 의자에 마을 사람들 몇 명이 우리처럼 조용히 앉아 계신 광경이었습니다. 삼각모를 쓴 오제 영감님, 이전 면장님, 이전 우편배달부 아저씨, 그리고 몇몇 분이 더 계셨습니다. 그분들 모두 슬픈 표정이었습니다. 오제 영감님은 가장자리가 닳고 닳은 낡은 문법책을 무릎 위에 활짝 펼쳐 놓은 채 그 위에 두꺼운 안경을 올려놓고 계셨습니다.

　내가 이 모든 것에 어리둥절해하고 있는 동안 아멜 선생님이 교단으로 올라와 아까 나를 맞을 때의 그 부드럽고 엄숙한 목소리로 말씀하셨습니다.

　"여러분, 이것이 저와 여러분과의 마지막 수업입니다. 모든 알자스와 로렌 지방의 학교에서는 독일어로만 수업을 하라는 명령이 베를린으로부터 왔기에…… 내일은 새로운 선생님이 오실 겁니다. 오늘이 여러분의 마지막 프랑스어 수업입니다. 그러니 모두들 열심히 들어주시기 바랍니다."

선생님의 이 몇 마디는 내 마음을 어지럽혔습니다.

아! 나쁜 놈들! 면사무소 앞에 붙어 있던 내용이 바로 이것이었구나!

나의 마지막 프랑스어 수업이라니!

이제 겨우 쓸 줄 알게 되었는데! 이제 더는 배울 수 없다니! 여기서 그만두어야 한단 말인가! 새 둥지를 찾아다니거나 자르 강에서 얼음을 지치는 데 정신이 팔려 수업을 빼먹었던 것이 후회되었습니다! 방금 전까지만 해도 읽기 지루하고 들고 다니기 무겁기만 했던 나의 문법책과 이야기 성경책이 이제는 헤어지기 힘든 오랜 친구처럼 느껴졌습니다. 아멜 선생님도 마찬가지였습니다. 선생님이 곧 떠나시게 되면 다시는 뵐 수 없다는 생각이 그동안 선생님께 벌을 받고 자막대로 맞은 일도 잊게 했습니다.

가엾은 선생님!

선생님의 예복도 마지막 수업에 경의를 표하기 위해 입고 오신 것이었습니다. 그때서야 나는 왜 마을 어르신들이 교실 뒤에 앉아 계시는지 이해할 수 있었습니다. 그분들은 좀 더 학교에 자주 찾아오지 못한 것을 후회하시는 것 같았습니다. 그것은 또한 사십 년 동안 충실히 봉사하신 선생님에 대한 감사와 사라진 조국에 대한 의무감의 표시이기도 했지요.

한참 이런 생각을 하고 있을 때 선생님께서 내 이름을 부르셨습니다. 내가 외울 차례였던 것입니다. 그 어려운 분사의 규칙을 큰 소리로, 분명하게, 하나도 틀리지 않고 줄줄 말할 수 있다면 얼마나 좋을까요? 하지만 나는 첫마디부터 틀렸고 감히 고개도 들지 못한 채 서글픈 마음에 우물쭈물하며 서 있었습니다. 선생님이 내게 말씀하시는 소리가 들렸습니다.

"프란츠야, 선생님은 너를 야단치지 않겠다. 넌 충분히 벌을 받고 있으니까 말이야…… 사람들은 매일 이렇게 생각하지. '시간은 많아. 내일 배우면 돼.' 그래서 결국 무슨 일이 벌어지게 됐는지 너도 보고 있잖니…… 그래! 교육을 늘 내일로 미루려 한 것이 우리 알자스인들의 커다란 불행이었어. 이제 저 사람들이 이렇게 말해도 뭐라고 할 말이 없잖니. '그것 보시오! 당신들은 프랑스인이라면서 자기네 언어를 읽을 줄도 쓸 줄도 모르잖소!' 하지만 프란츠, 너의 잘못만은 아니란다. 우리 모두 너와 마찬가지로 자기 잘못을 반성해야 해. 너희 부모님들도 너희들을 교육시키는 데에 큰 열의를 가지지 않으셨지. 한푼이라도 더 벌기 위해 너희들을 밭이나 공장에 보내려 하셨어. 그렇다면 이 선생님은 잘못한 게 없을까? 너희들을 공부시키는 대신 우리 집 밭에 물을 주게 하지는 않았나? 송어 낚시를 하려고 주저 없이 너희들 수업을 쉬게 하지

13

는 않았었나……?"

그리고 나서 아멜 선생님은 우리들에게 프랑스어에 대해 설명하기 시작했습니다. 프랑스어가 세상에서 가장 아름답고 가장 정확하고 가장 확실한 언어라고 하셨습니다. 또한 우리가 프랑스어를 잘 간직해야 하며 절대로 잊어서는 안 된다고도 하셨습니다. 어떤 민족이 노예가 되더라도 자신들의 언어만 잘 간직한다면 감옥의 열쇠를 가지고 있는 것이라고 하시면서요. 그리고 선생님은 문법책을 들고 오늘 배울 곳을 우리에게 읽어 주셨습니다. 나는 수업 내용이 머리에 쏙쏙 들어와 박히는 것에 스스로 놀랐습니다. 선생님께서 설명하시는 것이 모두 쉽게만 느껴졌습니다. 내가 이렇게 열심히 수업을 들은 적도, 선생님께서도 이토록 열심히 설명을 해 주신 적도 없었습니다. 가엾은 선생님은 떠나시기 전 자기가 알고 있는 모든 것을 한꺼번에 우리의 머릿속에 넣어 주시려는 것 같았습니다.

문법 수업이 끝나고 작문 시간이 되었습니다. 이날을 위해 아멜 선생님은 새로운 교본을 준비해 오셨는데 거기에는 둥글고 예쁜 글씨체로 '프랑스, 알자스, 프랑스, 알자스'라고 씌어 있었습니다. 그것은 마치 우리들의 책상 가로 막대에 매달려 교실 가득 펄럭이는 작은 깃발들 같았습니다. 우리들 모두 얼마나 열심이었고 얼마나 조용했었는지! 교실 안에는 오직 종이 위에서 펜이 사각거리는 소리밖에 들리지 않았었죠. 순간 풍뎅이 한 마리가 날아

14

들었지만 아무도 신경 쓰지 않았습니다. 획 긋기 연습을 하는 아주 어린 학생들조차도 그것이 프랑스어라도 되는 듯 온 정성을 다해 집중했습니다.

학교 지붕 위에서는 비둘기들이 낮은 소리로 구구거렸습니다. 그 소리를 들으며 나는 생각했습니다.

'비둘기들한테도 독일어로 노래하라고 강요하지는 않을까?'

이따금 책에서 눈을 들어 볼 때마다, 아멜 선생님이 교단에서 꼼짝 않고 자기 주변의 물건들을 응시하는 것을 볼 수 있었습니다. 마치 이 조그만 학교에 있는 모든 것들을 눈에 담으려는 듯 말입니다…… 생각해 보세요! 선생님은 사십 년 동안 같은 마당을 바라보며 같은 교실, 같은 자리에 계셨습니다. 그 시간 동안 책상과 의자들은 오래 사용해서 반들반들 윤이 나고, 운동장의 호두나무는 키가 자랐고, 선생님이 손수 심으신 홉 덩굴은 교실 창문을 지나 지붕까지 덮어 버렸습니다. 이 모든 것을 두고 떠나야 하는, 위에서 짐을 싸고 있는 누이가 오가는 소리를 들어야 하는 선생님의 마음은 얼마나 아팠을까요? 다음날이면 선생님과 선생님의 누이는 영원히 이 지방을 떠나게 될 것입니다.

하지만 선생님은 기운을 내서 끝까지 수업을 하셨습니다. 작문 시간이 끝나고 우리는 역사 수업을 받았습니다. 그러고 나서 우리 학생들 모두 '바 베 비 보 부'를 합창했습니다. 교실 뒤쪽에 계시던 오제 영감님은 돋보기를 쓰고 아이들과 함께 손에 든 철자

법 책을 한 글자 한 글자 더듬거리며 읽으셨습니다. 영감님도 수업에 열심히 참여하고 있었습니다. 그의 목소리는 감정이 북받쳐 떨리고 있었는데 그 소리가 너무 이상해서 우린 웃어야 할지 울어야 할지 헷갈렸습니다. 아! 이 마지막 수업을 나는 평생 잊을 수 없을 겁니다……

갑자기 교회 시계가 정오를 알렸고 곧 삼종기도 시간이 되었습니다. 그와 동시에 훈련을 마치고 돌아온 프러시아 군인들의 나팔 소리가 우리 교실 창문 밑에서 들렸습니다……. 아멜 선생님이 매우 창백한 얼굴로 교단에서 일어나셨습니다. 선생님의 키가 그렇게 커 보였던 적은 없었습니다.

"여러분," 그가 말했습니다. "여러…… 저는, 저는……."

무언가가 그의 목을 막은 듯 선생님은 더 이상 말을 잇지 못했습니다.

선생님은 칠판을 향해 돌아서더니 분필을 집어 들었습니다. 그리고 온 힘을 다해서, 자신이 쓸 수 있는 가장 커다란 글씨로 이렇게 쓰셨습니다.

'프랑스 만세!'

선생님은 그 자리에서 벽에 머리를 기댄 채 한참을 아무 말 없이 계시다가 손짓으로 우리에게 말씀하셨습니다.

"이제 다 끝났다……. 어서들 가거라."

소년 첩자

그의 이름은 스텐, 꼬마 스텐이었다.

스텐은 파리에 살았으며 마르고 낯빛이 창백한 아이였다. 나이는 열 살, 아니 열다섯 살쯤 되었는지도 모른다. 그 또래의 아이들의 나이란 짐작하기 어려운 법이니까 말이다…….

스텐의 어머니는 이미 죽었고, 그의 아버지는 해군 출신으로 탕플 지역의 작은 공원 관리를 맡고 있었다. 어린아이들, 하녀들, 접이식 의자를 든 할머니들, 가난한 여인들, 마차를 피해 인도 가장자리로 종종걸음 치는 모든 파리 사람들이 스텐의 아버지를 알았고 그를 좋아했다. 개들이나 부랑자들에게 공포를 주는 그의 거친 콧수염 밑에 어머니처럼 부드럽고 선한 미소가 숨어 있다는 것을 사람들은 잘 알고 있었다. 또한 그의 미소를 보려면 "아드님은 잘 지내나요?"라는 한마디면 족하다는 것도 잘 알고 있었다.

스텐의 아버지는 아들을 무척이나 사랑했다. 저녁때 아들이 수업을 마치고 그를 마중하러 올 때마다 그는 너무나 행복해했다. 두 사람은 함께 공원의 오솔길을 돌면서 공원 의자 앞에 멈춰 서서 그곳에 앉은 지인들에게 인사를 건넸고 그들이 묻는 말에 웃으며 대답하곤 했다.

그러나 파리가 포위되면서 모든 것이 변했다. 스텐의 아버지가 관리하던 작은 공원은 폐쇄되었고 대신 휘발유 통을 잔뜩 쌓아두는 장소로 변해 버렸다. 가엾은 스텐의 아버지는 휘발유 통들이 뒤죽박죽 쌓여 뒹구는 황량한 공원에서 담배도 못 피운 채 하루 종일 이것저것 감시해야 했고, 아주 늦은 밤이 돼서야 돌아와 겨우 아들의 얼굴을 볼 수 있었다. 그래서 프러시아 군인에 대해 말할 때 그의 콧수염은 늘 떨리곤 했다. 하지만 어린 스텐에게는 이런 새로운 생활이 전혀 불만스럽지 않았다.

포위! 개구쟁이들에게는 이보다 신나는 일도 없었다! 더 이상 학교에 가지 않아도 되고 나머지 공부를 할 필요도 없었다! 매일매일이 방학이었고 길거리는 장터처럼 붐볐다.

스텐은 늦게까지 밖으로 쏘다녔다. 주로 방어벽을 따라 그 지역 전투병들을 따라다녔는데, 멋진 연주를 하는 군악대가 있는 부대만 골라 다녔다. 스텐은 특히 이 분야에 대해 정통해서 96대대의 군악대는 별로지만 55대대에는 멋진 군악대가 있다는 따위의 정보들을 꿰고 있었다. 어떤 때는 기동대의 훈련을 지켜보다가 군인들 맨 뒤에 슬쩍 끼어들기도 했다.

가스등도 없는 컴컴한 겨울 새벽이면 그는 바구니를 팔에 끼고 고깃간이나 빵집 앞에 늘어선 긴 줄에 끼어 있고는 했다. 인사를 트고 정치 이야기를 나누는 이곳에서 사람들은 스텐에게 그의 아버지를 대신해 의견을 묻곤 했다. 하지만 뭐니 뭐니 해도 가장 재미있는 건 코르크 놀이였다. 코르크를 쓰러뜨리는 이 놀이는 브르타뉴의 기동대가 파리를 포위했던 시절 유행시킨 것이었다. 성벽 앞에도 빵집 앞에도 스텐이 없다면, 샤토도 광장의 코르크 놀이가 벌어지는 곳에 있는 것이 틀림없었다. 물론 그가 직접 게임에 끼지는 못했다. 게임을 하려면 돈이 필요했기 때문이다. 하지만 게임을 하는 사람들을 구경하는 것만으로도 정말 즐거웠다!

스텐은 특히 한 사람, 파란색 긴 코트를 입고 백 수짜리 동전을 내기에 거는 키다리에게 마음이 끌렸다. 그가 뛸 때면 코트 안쪽에서 은화 찰랑거리는 소리가 났다.

어느 날 키다리가 스텐의 발밑으로 굴러 온 동전을 주우며 낮은 목소리로 속삭였다.

"어때, 내가 부럽지? 원한다면 이 돈이 어디서 났는지 알려 줄 수 있어."

내기 게임이 끝나자 그는 스텐을 광장 구석으로 끌고 갔다. 그리고 함께 프러시아 병사들에게 신문을 팔러 가지 않겠느냐고 제

안했다. 한 번 갈 때마다 30프랑을 벌 수 있다고도 했다. 처음에 스텐은 크게 화를 내며 제안을 거절했고 사흘 동안은 내기 게임도 보러 가지 않았다. 하지만 그 사흘이 그에게는 너무 고통스러웠다. 입맛도 없고 잠도 오지 않았다. 밤마다 그는 코르크가 침대 밑에 무더기로 쌓여 있고 백 수짜리 번쩍거리는 은화들이 흩어져 있는 환영에 시달렸다. 유혹은 너무나 강렬했다. 나흘째 되는 날 스텐은 광장으로 향했고 결국 키다리의 꾐에 빠져들고 말았다.

눈이 내리던 어느 날 아침, 어깨에 자루를 멘 두 사람은 작업복 속에 신문들을 감추고 길을 나섰다. 그들이 '플랑드르' 관문에 도착했을 때에는 막 날이 밝아 있었다. 키다리는 스텐의 손을 잡고 코가 빨갛고 착해 보이는 관리인에게 다가가 불쌍한 목소리로 말했다.

"아저씨, 지나가게 해 주세요……. 아버지는 돌아가셨고 어머니가 많이 아프세요. 동생과 함께 밭에 가서 감자를 캐야 해요."

키다리는 눈물을 글썽거렸고, 스텐은 너무 창피해서 고개를 숙였다.

관리인이 두 아이를 잠깐 바라보더니 사람이 없는 눈 쌓인 길로 시선을 주었다.

"어서 지나가거라." 그가 길을 비켜 주며 말했다.

그렇게 두 아이는 오베르빌리에로 가는 길로 접어들었다. 키다리가 웃음을 터뜨렸다!

꼬마 스텐은 병영으로 바뀐 공장들과 젖은 천에 덮인 채 방치된 바리케이드, 안개를 뚫고 하늘 위로 불뚝 솟은 굴뚝을 꿈꾸듯 바라보았다. 보초병, 후드를 쓰고 망원경으로 감시하는 하사관들, 사그라지는 모닥불 앞에서 눈에 젖고 있는 작은 텐트 등이 곳곳에 보였다. 길을 잘 아는 키다리는 초소들을 피해 들판을 가로질러 갔다. 하지만 어쩌다 보니 그들은 민병대의 전방 초소 앞에 이르러 있었다. 짧은 방수 외투를 입은 민병대들이 잔뜩 물이 들어찬 수아송행 철로 변의 참호 속에 웅크리고 있었다. 키다리는 이번에도 아까처럼 사정을 했지만 그들은 두 아이의 통행을 허락해 주지 않았다. 키다리가 울먹이고 있는데, 머리가 하얗고 주름이 많은, 스텐의 아버지를 닮은 늙은 중사 하나가 바리케이드 초소로부터 걸어 나왔다.

"자, 꼬마들아! 그만 울어라! 감자를 캐도록 해 주마. 그나저나 들어가서 몸부터 좀 녹여야겠군. 이 꼬마는 몸이 꽁꽁 얼었어." 중사가 두 아이들에게 말했다.

아! 꼬마 스텐이 떨었던 건 추위 때문이 아니었다. 그는 두렵고 창피해서 떨고 있었던 것이다. 아이들이 보니, 초소 안에서 병사 몇이 거의 꺼져 가는 불 주위에 쭈그리고 앉아 총검 끝에 과자를 꿰어 익혀 먹고 있었다. 병사들은 아이들에게 자리를 만들어 주기 위해 서로 좁혀 앉았다. 병사들이 두 아이에게 술과 약간의 커피를 나누어 주었다. 아이들이 이것을 마시는 사이 한 장교가 문 앞에서 중사를 부르더니 낮은 소리로 뭔가 소곤대고는 급히 사라졌다.

중사는 아주 흡족해하며 돌아와 말했다.

"병사들이여! 오늘 밤에 전투가 있을 것이다. 프러시아 군의 암호를 알아냈다. 이번엔 꼭 부르제를 탈환할 수 있을 것이다!"

박수와 환호가 터져 나왔다. 모두들 춤추고 노래하며 총검을 닦았다. 이 소란을 틈타 두 아이들은 그곳을 빠져나왔다.

참호를 지나자 들판이 펼쳐졌고 저 멀리로 총안이 뚫려 있는 기다란 성벽이 보였다.

두 아이들은 감자를 캐는 척하기 위해 매번 걸음을 멈춰 서면서 성벽 쪽으로 다가갔다.

"그만 돌아가자! 그쪽으로는 가면 안 돼." 가는 내내 꼬마 스텐이 애원했다.

하지만 키다리는 어깨를 으쓱거리며 앞으로 나아갔다. 그런데 갑자기 소총 장전하는 소리가 들렸다.

"엎드려!" 키다리가 땅바닥에 몸을 던지며 소리쳤다. 그가 몸을 엎드린 채 휘파람을 불었다. 그러자 눈 위에서 다른 휘파람 소리가 대답했다. 두 아이는 기어서 앞으로 나아갔다. 성벽 앞에 이르자 땅속으로부터 때에 찌든 베레모를 쓴 노란 콧수염의 두 사내가 나타났다. 키다리는 프러시아 군이 있는 참호 속으로 뛰어들었다.

"제 동생이에요." 키다리가 친구를 가리키며 말했다. 그 프러시아 군은 스텐이 너무 작다고 생각했는지 갑자기 웃음을 터뜨리며 스텐을 안아 참호 위로 번쩍 들어올렸다.

담장 저쪽에도 흙더미와 쓰러진 나무들 사이에 눈 속에 파 놓은 검은 구덩이들이 있었다. 구덩이들마다 때에 찌든 더러운 베레모에 노란 콧수염을 단 병사들이 앉아 지나가는 아이들을 보며 낄낄댔다.

한쪽 구석에는 토치카로 사용하는 정원사의 통나무집이 있었다. 아래층은 카드놀이를 하고 활활 타오르는 불 위에서 스프를 끓이는 병사들로 가득했다. 맛있는 양배추와 고기 냄새가 피어올랐다. 민병대의 야영지와는 전혀 다른 모습이었다. 장교들이 있는 위층에서는 피아노를 치고 샴페인 병을 따는 소리가 들려왔다. 파리의 아이들이 들어가자 프러시아 병사들은 환호를 하며 그들을 맞아 주었다. 두 아이들이 가지고 온 신문을 내놓았고 병사들은 아이들에게 마실 것을 따라 주며 이야기를 시켰다. 장교들은 모두 거만하고 사나워 보였다. 하지만 키다리는 재치 있는 파리 변두리 말투와 불량스런 어휘로 그들을 재미있게 해 주었다. 군인들은 소년의 말을 따라 하며 낄낄댔고, 아이가 파리에서 가져온 잡다한 소식들을 들으며 즐거워했다.

바보가 아니라는 것을 보여 주기 위해 꼬마 스텐도 이야기를 해 보고 싶었지만 알 수 없는 무언가가 그를 가로막았다. 조금 떨어진 곳에 다른 이들보다 조금 나이가 많고 진지해 보이는 프러시아 병사 하나가 스텐 쪽을 바라보며 책을 읽고 있었다. 아니, 시선이 스텐을 떠나지 않는 것으로 보아 그는 책을 읽는 척하고 있을 뿐이었다. 그의 눈빛은 부드러웠지만 왠지 비난의 기색을 담고 있는 것 같았다. 마치 고향에 스텐 또래의 아들이 있는데 "내 아들이 저런 짓을 하는 걸 보느니 차라리 죽는 게 낫겠어."라고 말하는 듯이…….

그 순간부터 스텐은 누군가의 손이 심장을 꾹꾹 눌러 대서 뛰지 못하게 하는 것 같았다. 불안감에서 벗어나려고 스텐은 술을 마시기 시작했다. 조금 후 그의 주위에 있는 모든 것들이 빙글빙글 돌고 있었다. 모두들 웃어 대는 가운데 스텐은 키다리가 프랑스 민병대와 그들의 훈련법을 조롱하며 마레 지역의 열병식과 성벽 위의 야간 경보 소리를 흉내 내는 것을 어렴풋이 들었다. 이어서 친구가 목소리를 낮추고, 장교들이 다가가고, 그들의 얼굴이 심각해지는 것을 보았다. 저 파렴치한 녀석이 민병대의 공격 계획을 미리 알려 주고 있는 것이었다!

순간 술이 깬 스텐이 분노하며 몸을 일으켰다.

"야, 그건 안 돼…… 그럴 수는 없어."

그러나 키다리는 실실 웃으며 신이 나서 계속 떠들어 댔다. 그의 이야기가 채 끝나기도 전에 장교들이 모두 일어났다. 그들 중 한 명의 장교가 문 쪽을 가리키며 아이들에게 말했다.

"가라!"

그러고 나서 그들은 자기들끼리 빠른 독일어로 뭔가 쑥덕거렸다. 키다리는 찰랑대는 은화와 함께 총독이라도 된 듯 우쭐대며 밖으로 나왔다. 스텐도 고개를 숙인 채 그를 따라 나왔다. 자신을 가만히 쳐다보던 프러시아 군인 옆을 지나가며 스텐은 아주 슬픈 목소리로 "그러면 안 돼, 그러면⋯⋯ 안 돼⋯⋯."라고 속삭이는 소리를 들었다.

스텐의 눈에서 눈물이 흘러내렸다.

들판으로 들어서자 아이들은 뛰기 시작했고 빠르게 처음 왔던 곳으로 되돌아왔다. 그들의 포대 자루 안에는 프러시아 군인들이 준 감자들이 가득했다. 덕분에 아이들은 민병대의 참호를 무사히 통과할 수 있었다. 민병대의 참호는 야간공격 준비로 분주했다. 여러 부대들이 조용히 집결해 성벽 뒤에 모여 있었다. 나이 든 중사는 행복한 표정으로 병사들의 배치에 만전을 기하고 있었다. 두 아이가 지나가자 중사는 아이들을 알아보고 부드러운 미소를 지어 보였다.

아! 그의 미소가 꼬마 스텐의 마음을 얼마나 아프게 했던지! 순간 스텐은 외치고 싶었다.

"가지 마세요! 우리가 당신들을 배신했어요⋯⋯."

하지만 이미 키다리가 "네가 불면 우린 총살이야."라고 겁을 준 탓에 그럴 수가 없었다.

쿠르뇌브에 이르자 두 아이는 돈을 나누기 위해 빈집으로 들어갔다. 분배는 공정하게 이루어졌다. 게다가 '예쁜' 은화들이 주머니 속에서 짤랑거리자 스텐은 앞으로 펼쳐질 코르크 내기를 떠올렸고, 자신의 죄가 그리 끔찍한 건 아니라는 생각이 들었다.

하지만 몇 개의 성문들을 지나 키다리와 헤어지고 혼자 남게 된 뒤, 이 불쌍한 꼬마의 주머니는 점점 무겁게 느껴졌고 가슴을 짓누르던 손도 그 어느 때보다 세게 죄어 왔다. 파리도 예전의 파리 같지가 않았다. 지나가는 사람들은 그가 지금 어디서 오는 건지 다 알고 있다는 듯 매섭게 그를 노려보았다. 차바퀴가 굴러가는 소리에서도, 운하를 따라가며 연주하는 북소리에서도 '스파이'라는 소리가 들려왔다. 마침내 스텐은 집에 도착했다. 그리고 아버지가 아직 돌아오지 않은 것에 안도하며 무거웠던 은화를 베개 밑에 숨기기 위해 재빨리 자기 방으로 올라갔다.

그날 저녁 집으로 돌아온 스텐의 아버지는 그 어느 때보다도 기분이 좋아 보였다. 알자스의 사정이 좋아지고 있다는 소식을 들었기 때문이었다. 식사 시간 내내, 이 옛날 군인은 벽에 걸려 있는 자기 총을 바라보며 아들에게 흐뭇한 미소를 지었다.

"네가 조금만 더 컸더라면 프러시아 놈들과 싸울 수 있었을 텐데!"

여덟 시가 되자 대포 소리가 들려왔다.

"오베르빌리에 쪽이야. 부르제에서 전투가 벌어진 거야."

모든 요새를 꿰뚫고 있는 스텐 영감이 말했다. 꼬마 스텐은 얼굴이 하얗게 질려, 피곤하다는 핑계를 대고 제 방으로 들어갔다. 하지만 잠을 이룰 수가 없었다. 대포 소리는 끊이지 않고 들려왔다. 스텐은 민병대가 한밤중 프러시아군을 기습했다가 오히려 함정에 빠지는 장면을 상상했다. 자신을 향해 웃어 주던 중사의 모습이 떠올랐고 그가 눈 속에 쓰러져 있는 모습이 아른거렸다. 그와 함께 얼마나 많은 사람들이 쓰러졌을까!

그 피의 대가가 몽땅 자신의 베개 밑에 있었다. 군인이었던 스텐 영감의 아들이 그런 일을 저지른 것이다…… 눈물이 솟고 숨이 막혔다. 옆방에서는 아버지가 왔다 갔다 하며 창문을 여는 소리가 들렸다. 아래 광장에서 소집 명령 사이렌이 울렸고 기동 대대가 출전하기 위해 점호를 하고 있었다. 이번에는 진짜 전투가 벌어진 것이다. 불쌍한 소년은 흐느낌을 참을 수 없었다.

"왜 그러니?" 스텐 영감이 방으로 들어와 물었다.

아들은 더 이상 견딜 수 없어서 침대에서 뛰쳐나와 아버지의 발밑에 뛰어들었다. 그 순간 은화들이 바닥에 떨어져 굴렀다.

"이게 다 뭐냐? 혹시 훔쳤니?" 영감이 떨면서 물었다.

꼬마 스텐은 단숨에 자신이 프러시아 군인들을 찾아갔던 일과 거기서 한 일을 남김없이 말했다. 말을 하면서 스텐은 점점 마음이 편해지는 것을 느꼈다. 죄를 스스로 고백하자 짐이 덜어지는 것 같았다. 아버지는 무서운 얼굴로 아들의 이야기를 모두 듣고 있었다. 이야기가 끝나자 아버지는 두 손으로 얼굴을 감싸고 흐느꼈다.

"아버지, 아버지……." 아들은 뭐라도 변명하고 싶었다.

영감은 대답 대신 아들을 밀쳐내더니 떨어진 은화를 주웠다.

"이게 전부냐?"

꼬마 스텐이 고개를 끄덕였다. 아버지는 자신의 총과 탄약통을 꺼내고 은화를 주머니에 넣으며 말했다.

"그래, 이걸 돌려주러 가야겠다."

그는 더 이상 아무 말도 하지 않고 뒤도 돌아보지 않은 채 어둠 속으로 떠나는 기병대에 합류했다. 이후 누구도 그를 다시 볼 수 없었다.

어머니들
-파리 포위 시절의 기억

그날 아침 나는 화가이자 센 강의 기동대 중위인 친구 B를 만나기 위해 발레리엥 산으로 갔다. 내 친구는 근무 중이었던 탓에 꼼짝을 할 수 없었다. 순찰하는 수병처럼 우리는 요새 문 앞을 왔다 갔다 하며 파리와 전쟁 그리고 이제는 곁에 없는 친구들에 대해 이야기를 나누었다. 순간, 기병대 중위의 제복 속에서 아직 예전의 화가 모습을 간직하고 있던 친구가 말을 하다 말고 갑자기 발을 멈추고 내 팔을 잡아끌었다.

"오! 저기 도미에의 그림처럼 아름다운 광경을 좀 봐." 친구가 나지막한 목소리로 말했다.

사냥개처럼 반짝이는 그의 작은 회색 눈이 발레리엥 산 중턱에 나타난 두 사람에 고정되어 있었다.

정말 도미에의 그림처럼 아름다운 광경이었다. 남자는 고목에 낀 이끼처럼 푸르스름한 색의 벨벳 깃이 달린 긴 밤색 프록코트를 입고 있었다. 몸이 마르고 키가 작았으며, 발그레한 얼굴에 이마는 움푹 파였고, 동그란 눈에 코는 올빼미의 부리처럼 매부리코였다. 그의 주름진 얼굴은 근엄하고 우직해 보였다. 그의 손에는 꽃 자수를 놓은 장바구니가 들려져 있었다. 바구니 밖으로 병 주둥이가 삐져나와 있었고 다른 손잡이 밑으론 통조림이 보였는데, 파리 시민들에게 다섯 달 동안의 파리 봉쇄를 떠올리게 하는 바로 그 양철 통조림이었다. 여자에게서 가장 먼저 눈에 띈 것은 커다랗고 둥근 앞 챙이 달린 모자였다. 몸의 위아래로 촘촘하게 두른 낡은 숄은 자신의 곤궁함을 보여 주는 듯했다. 힘없이 흔들리는 후드의 주름 장식 사이로는 그녀의 뾰족한 코끝과 잿빛의 빈약한 머리카락이 언뜻 언뜻 드러났다.

고원 위의 평평한 곳에 이르자 남자는 멈춰 서서 숨을 고르고 이마의 땀을 닦았다. 안개 낀 십일 월 말의 날씨가 덥지는 않았지만 그들은 너무 빨리 걸었던 것이다! 하지만 여자는 걸음을 멈추지 않았다. 요새의 관문으로 곧바로 걸어온 그녀는 할 말이 있다는 듯 잠시 주저하며 우리를 바라보다가 친구의 장교 계급장에 주눅이 들었는지 보초병에게 가서 말을 걸었다. 3대대 6중대의 파리 기동 대원인 아들을 만나보고 싶다고 수줍게 이야기하는 여자의 목소리가 들려왔다.

"여기 계십시오. 아드님을 불러오겠습니다." 보초병이 말했다.

그녀는 기쁨과 안도의 한숨을 내쉬며 남편에게로 돌아갔고 두 사람은 멀찍이 경사면 끝에 걸터앉았다.

그들은 꽤 오랫동안 기다려야 했다. 발레리엥 산은 무척 넓은데다 그 위에 훈련장과 제방, 보루, 막사, 참호 등이 복잡하게 흩어져 있었다! 마치 라퓨타 섬처럼 땅과 하늘 사이에 떠서 소용돌이치는 구름들에 둘러싸인 이곳에서, 6중대 소속의 병사 한 명을 찾기란 쉬운 일이 아니었다. 게다가 북소리와 나팔 소리, 뛰어다니는 병사들과 달그락거리는 양철 찬합 소리로 무척이나 소란스러운 시간이었다. 보초 교대, 사역, 배급, 의용대의 몽둥이찜질에 피투성이가 되어 끌려오는 스파이들, 사령관에게 항의하러 온 낭테르의 농부들, 말을 달려 도착한 전령들(사람은 추위에 얼어붙었고, 말은 땀으로 흥건했다), 흔들리는 노새의 허리춤에서 병든 양처럼 앓는 소리를 내며 전선에서 돌아오는 부상병들, 피리 소리와 '영차 영차' 하는 구령에 맞춰 새 대포를 옮기는 수병들, 손에 막대를 들고 어깨에서 허리로 소총을 비스듬히 멘 채 가축 떼를 몰고 오는 빨간 바지의 목동들…… 이 모든 것들이 훈련장을 오가고 섞이며, 마치 동방의 대상들이 숙소의 낮은 문을 통과하는 듯 요새의 문으로 몰려오고 있었다.

'내 아들을 잊지 말아야 할 텐데!' 그 와중에도 가엾은 어머니의 눈은 이렇게 말하고 있었다. 그리고 오 분마다 슬며시 일어나 입구 쪽으로 다가가 벽에 몸을 붙이고 훈련장을 조심스레 살펴보곤 했다. 하지만 어머니는 혹시 아들을 웃음거리로 만들까 봐 더 이상 묻지 못했다. 그녀보다 소극적인 남편은 구석에 가만히 앉아 있었다. 그녀가 낙담한 얼굴로 돌아와 앉을 때마다 남자는 아내의 조급함을 타박했고, 어리숙한 몸짓으로 잘난 체하며 군대 규율의 중요성을 상기시켜 주곤 했다.

나는 길을 가다가 우연히 마주치는, 보이는 것보다 많은 것을 짐작하게 해 주는 사소한 장면들로 이어지는 침묵의 드라마나 하나의 동작이 그 사람의 모든 존재를 드러내 주는 거리 무언극에 늘 많은 관심을 가지곤 했다.

그런데 지금 벌어지는 극에서 특히 나를 사로잡은 것은 두 명의 등장인물들이 보여 주는 서투름과 순박함이었다. 나는 대천사의 영혼을 지닌 두 주인공이 벌이는 조용하지만 웅변적인, 박진감 넘치는 가정 드라마를 감상하며 진정한 감동을 느끼고 있었다.

나는 어느 날 아침 어머니가 말하는 장면을 떠올려 보았다.

"그 트로쉬라는 사람이 그따위 명령을 내리는 바람에…… 벌써 석 달이나 우리 애 얼굴을 보지 못했어요……. 어서 가서 우리 아이를 안아 보고 싶은데……."

소심하고 세상일에 약삭빠르지 못한 아버지는 허가증을 얻어 내는 절차가 두려워 처음에는 아내를 설득한다.

"여보, 그건 꿈도 꾸지 마오. 발레리엥 산까지 가려면 얼마나 먼데. 차도 없이 어떻게 갈 수 있겠소? 게다가 거기는 요새란 말이오! 여자들은 들어갈 수도 없어요."

"어쨌든 전 갈 거예요." 어머니는 말한다.

아내가 원하는 건 무엇이든 해 주고 싶은 남편은 결국 일을 추진한다. 땀을 뻘뻘 흘리고 때론 추위에 떨기도 하면서…… 입구를 잘못 찾기도 하고 사무실 앞에서 두 시간을 줄 서서 기다리고 때로는 헛걸음질하기도 하면서…… 이렇게 도청과 시청, 군 사령부, 경찰서를 찾아다니던 어느 날 저녁, 드디어 그가 사령관의 허가증을 주머니에 넣고 집으로 돌아온다!

다음 날 쌀쌀한 날씨 속에 그들은 새벽에 일어나 불을 밝힌다. 아버지는 몸이라도 녹이려고 간단한 식사를 한다. 하지만 어머니는 입맛이 없다며 끼니를 거른다. 아들과 함께 점심을 먹고 싶은 것이다. 그들은 가엾은 군인 아들을 조금이라도 배불리 먹이기 위해 초콜릿, 잼, 밀봉한 포도주, 통조림 등 집에 있던 식량은 물론 비상시를 위해 소중히 보관하고 있었던 팔 프랑짜리 통조림까지 바구니 속에 모두 채워 넣는다. 이렇게 준비하고 그들은 길을 떠난다. 그들이 성곽에 도착했을 때는 막 성문이 열리고 있었다. 허가증을 보여 주어야 한다. 어머니는 불안하다…… 하지만 그럴 필요는 없다! 허가증에는 별 문제가 없다.

"통과하십시오!" 당직 부관이 말한다.

그때서야 여자는 안도의 한숨을 내쉰다.

"장교님이 무척 친절하네요."

여자가 자고새처럼 종종걸음을 친다. 남자는 간신히 그녀와 보조를 맞춘다.

"여보, 걸음이 너무 빨라요."

하지만 그녀에겐 남편의 말이 들리지 않는다. 지평선의 안개 너머로 발레리엥 산이 그녀를 부르고 있다.

"빨리 좀 오세요…… 그 애가 여기 있다고요."

하지만 그들이 도착했을 때 또 다른 걱정거리가 생겼다.

아이를 찾지 못한다면! 아이가 나오지 못한다면, 어떡하지?

순간, 그녀가 뭔가에 소스라친 듯 남편의 팔을 치며 벌떡 일어선다. 멀리 요새 관문의 아치형 통로에서 아들의 발자국 소리를 들은 것이다.

아들이 틀림없다!

아들이 나타나자 눈앞의 요새가 빛을 내는 듯 환해진다.

정말이지 키가 크고 잘생긴 청년이다! 배낭을 메고 손에는 소총을 움켜쥐고 있다. 청년이 밝은 얼굴로 부모님에게 다가가 늠름하고 쾌활한 목소리로 말한다.

"어머니, 잘 지내셨어요?"

그와 함께 배낭이며 모포, 소총 등이 어머니의 커다란 모자 챙속으로 사라진다. 다음은 아버지 차례였지만 인사는 짧다. 커다란 챙 모자가 청년을 독차지하려 하기 때문이다. 아무리 포옹해도 모자란다…….

"잘 지내니? 옷은 따뜻하게 입고 다니고? 속옷은 어디서 갈아입니?"

외투에 달린 두건의 주름 장식 아래서 어머니는 아들의 볼에 입을 맞추고, 눈물을 흘리다가 엷은 미소를 지으며, 발끝부터 머리끝까지 깊은 사랑의 눈빛을 보내고 있다. 석 달 동안 미뤄 두었던 모정을 한꺼번에 쏟아 내리는 것이다. 감정이 북받치기는 마찬가지지만 아버지는 애써 내색하지 않으려 한다. 우리가 쳐다보고 있다는 걸 눈치채고는 눈을 찡긋거리며 그는 이렇게 말한다.

"이해하세요…… 여자잖아요."

물론 이해하고말고!

이 아름다운 기쁨의 순간, 갑자기 나팔 소리가 울린다.

"소집이에요. 지금 가 봐야 해요." 아들이 말한다.

"뭐라고? 점심도 같이 못하고?"

"안 돼요, 그럴 수 없어요…… 저 요새 꼭대기에서 스물네 시간 보초를 서야 해요."

"이런!" 가엾은 어머니가 탄성을 지른다. 그녀는 더 이상 말을 잇지 못한다.

세 사람은 한참을 아쉬운 표정으로 마주 본다. 아버지가 먼저 말을 꺼낸다.

"그럼 이 통조림이라도 가져가거라." 맛있는 음식을 내주어야 하는 대식가의 코믹하고도 안타까운 표정을 애써 지어보지만 목소리가 갈라진다.

그런데 작별의 아픔과 감동 속에서 그 빌어먹을 통조림이 보이지 않는다. 당황하여 떨리는 손길로, 수치심도 잊은 채, 큰일이라도 난 듯 보잘것없는 물건을 찾아 "통조림, 통조림 어디 갔지?"라고 외치는 그 목소리는 얼마나 가슴 아픈지…… 결국 통조림을 찾아냈고, 마지막 긴 포옹을 한 뒤 아들은 뛰어 요새로 돌아간다.

상상해 보라. 그들은 아들과 점심을 함께하기 위해 먼 길을 달려왔고 어머니는 성대한 축제를 기대하며 밤잠을 설쳤다. 이렇게 천국의 문이 반쯤 열리다가 일순간 닫혀 버린 듯, 기대했던 파티가 무산되었을 때처럼 비통한 경우가 또 있을까?

부부는 아들이 방금 사라진 관문에서 눈을 떼지 못한 채 한참을 그 자리에 못 박힌 듯 서 있었다. 남자가 두세 번 기침을 하고는 결심한 듯 높고 힘찬 목소리로 쾌활하게 외쳤다.

"자, 이제 갑시다!"

그는 우리에게 인사를 한 뒤 아내의 팔을 잡았다. 나는 눈길로 두 사람을 길모퉁이까지 배웅했다. 아버지는 낙담하여 화가 난 듯 바구니를 흔들며 걷고 있었다. 오히려 어머니는 차분하게 고개를 숙이고 팔을 몸에 바짝 붙인 채 걸었다. 그러나 이따금 그녀의 좁은 어깨 위에서 낡은 숄이 경련하는 듯 떨리는 것이 보였다.

베를린 포위

우리는 의사 V씨와 함께 샹젤리제 거리를 걸어가고 있었다. 포탄으로 구멍 뚫린 벽과 총알에 파헤쳐진 인도를 보니 파리 포위 시절이 떠올랐다. 개선문 앞의 원형 광장에 이르렀을 때, 의사 V씨가 잠시 걸음을 멈추고는 개선문 주위에 화려하게 서 있는 커다란 건물들 중 한쪽 구석의 집을 가리키며 이야기를 시작했다.

저기 발코니 위에 꼭 닫혀 있는 창문 네 개가 보이시죠? 작년 전쟁과 끔찍한 환란으로 어려웠던 팔월 초순, 급한 뇌졸중 환자가 있다는 연락을 받고 저곳으로 달려갔었지요. 그곳은 제1제정 시대 기갑 부대 연대장인 주브 대령의 집이었습니다. 그는 긍지와 애국심이 대단한 분으로, 전쟁 초기부터 샹젤리제 거리에 있는 발코니가 있는 저 집에서 살고 있었지요. 왜 그런지 아세요? 우리 프랑스 군이 개선하는 모습을 지켜보기 위해서였답니다…… 불쌍한 양반! 그런데 그날 그가 식탁에서 일어서려는 순간 갑작스럽게 비셀부르크의 패전 소식을 듣게 된 겁니다. 패전을 알리는 기사 아래에 적힌 나폴레옹의 이름을 읽는 순간 그가 갑자기 쓰러져 버렸지요.

내가 도착하니 그 노병은 마치 머리를 몽둥이로 얻어맞은 사람처럼 생기 없는 얼굴로 거실 카펫 위에 누워 있더군요. 일어섰다면 키가 아주 컸을 거라는 생각이 들었습니다. 누워 있는 모습만으로도 체구가 당당하다는 걸 알 수 있었죠. 잘생긴 얼굴에 고른 치아, 곱슬곱슬하고 숱이 많은 백발의 팔십 노인이었지만 예순 살 정도로밖엔 보이지 않았습니다.

그의 곁에는 손녀딸이 눈물을 흘리며 무릎을 꿇고 앉아 있었습니다. 할아버지를 많이 닮은 모습이었죠. 두 사람을 보고 있자면 마치 같은 모양을 새긴 두 개의 아름다운 그리스 메달을 보고 있는 듯 했습니다. 다만 하나는 오래되어 윤곽이 흐려졌다면 다른 하나는 금방 새긴 듯 선명하게 반짝거린다는 차이뿐이었지요.

어린 손녀딸이 슬퍼하는 것을 보니 저도 마음이 아팠습니다. 소녀의 아버지 또한 군인으로 막마옹 장군의 참모라고 했죠. 그녀는 자신 앞에 누워 있는 할아버지를 보며 아버지도 그렇게 될 수 있다는 생각을 했던 것 같습니다. 나는 소녀를 안심시키려 최선을 다했지만 마냥 희망만을 이야기할 수는 없는 상황이었지요. 대령의 몸이 이미 절반은 마비 상태인데다 여든이라는 나이로 보아 회복할 가망도 거의 없었습니다. 실제로 환자는 사흘 동안이나 혼수상태였지요.

그러는 동안 라이치쇼펜에서 승리했다는 소식이 파리에 전해졌습니다. 그런데 정말 기적이었는지 아니면 자기 최면의 힘이었는지, 온 나라에 울려 퍼진 기쁨의 함성이 이 가엾은 노인의 의식을 찾게 만들었습니다. 그날 밤, 노인의 침대에서 나는 전혀 다른 대령의 모습을 볼 수 있었어요. 눈동자도 초롱초롱했고 혀의 마비도 풀려 내게 애써 미소까지 지어 보였죠. 그리고 더듬거리긴 했지만 내게 두 차례나 이렇게 말했답니다.

"승리…… 했…… 어!"

"네, 대령님. 그것도 아주 대승이에요!"

내가 막마옹 장군의 멋진 승리에 대해 자세히 설명해 주자 그의 얼굴에 생기가 돌았습니다.

내가 방에서 나오자 손녀가 하얗게 질린 얼굴로 문 앞에 서 있었어요. 나를 보자마자 그녀는 흐느껴 울었습니다. "할아버지는 안심하셔도 돼요!" 내가 소녀의 손을 잡으며 말했습니다. 하지만 가엾은 소녀는 계속 눈물만 흘렸죠.

조금 전 라이치쇼펜 전투의 진짜 소식이 알려졌던 겁니다. 막마옹 장군은 패주했고 프랑스군은 전멸했다는 소식이었습니다. 우리는 망연자실하여 서로를 바라보았습니다. 소녀는 아버지를 생각하며 마음 아파했고, 나는 노인을 생각하며 몸을 떨었습니다. 이 새로운 상황에 노인이 충격을 받으리라는 건 불 보듯 뻔했으니까요. 어떻게 하면 좋을까? 그를 깨어나게 만든 환상을 계속 유지하여 그를 기쁘게 해 주는 수밖에 없었습니다! 하지만 그렇게 하려면 거짓말을 해야 했지요…….

"좋아요! 제가 거짓말을 하는 수밖에요!" 소녀가 얼른 눈물을 닦으며 말했습니다. 그리곤 아주 밝은 표정으로 할아버지 방으로 들어가 버렸죠. 그녀는 정말 힘든 일을 떠맡게 된 겁니다.

처음 며칠은 별 어려움이 없었습니다. 노인의 정신이 온전치 않아 어린아이처럼 속일 수 있었으니까요. 그런데 노인의 몸이 회복될수록 정신도 점점 또렷해졌어요. 그에게 군대의 이동 상황을 모두 알려 주어야 했습니다. 나중엔 군 상황 보고서까지 제출해야 할 정도였습니다. 어여쁜 소녀가 밤이나 낮이나 독일 지도 위에 몸을 숙이고 승전 지역에 조그만 깃발을 꽂는 모습은 너무나 가슴 아픈 장면이었습니다. 바젠 장군은 베를린에서, 프로사드 장군은 바이에른에서, 막마옹 장군은 발틱 해에서 대승을 거두었습니다. 이 모든 작업을 위해 소녀는 내게 자문을 구했고 나도 할 수 있는 한에서 그녀를 도왔습니다. 하지만 그 누구보다 이 상상의 전투에 도움을 준 사람은 다름 아닌 그녀의 할아버지였습니다. 그는 이미 제1제정시대에 여러 번 독일을 정복한 경험이 있었으니까요! 그는 모든 공격 루트를 잘 알고 있었어요. "그들이 이번에 이쪽으로 갈 거야…… 그러니 우리가 해야 할 일은……" 예상은 언제나 적중했고 그때마다 그는 무척 뿌듯해했죠.

하지만 아무리 우리가 도시들을 점령하고 전투에 대승을 거둬도 대령의 바람만큼 빨리 진격할 수는 없었습니다. 노인은 만족할 줄 몰랐죠! 매일 집에 갈 때마다 나는 새로운 승리 소식을 전해 들었습니다.

"의사 선생님, 우리 군이 마인츠를 점령했대요." 손녀딸이 내게 다가와 슬픈 미소를 지으며 말했습니다.

그러면 방문을 뚫고 기쁨의 탄성 소리가 들려왔습니다.

"잘 됐어! 잘 됐어! 일주일이면 베를린에 입성할 수 있겠어."

하지만 현실은 반대로 일주일 안에 프러시아군이 파리에 들이닥칠 판이었습니다. 우리는 노인을 시골로 데려갈까도 생각해 보았습니다. 하지만 밖으로 나가면 노인은 곧 프랑스의 상황을 모두 알게 될 것이고, 이런 충격을 견디기에 그의 마비된 몸은 너무 쇠약했지요. 할 수 없이 우리는 그대로 파리에 머물러 있을 수밖에 없었습니다.

파리가 프러시아군에게 포위 공격을 시작한 첫날도 나는 그의 집에 갔습니다. 파리의 모든 성문이 폐쇄되고, 성벽 아래서 전투가 벌어지고, 파리의 교외 지역이 국경이 되어 버린 그날을 생각하면 공포에 가슴이 떨려 옵니다.

노인은 몹시 기쁨에 차 자랑스러운 얼굴로 침대에 앉아 있었습니다.

"자, 드디어 포위 공격이 시작되었어!" 그가 내게 말했습니다.

나는 당황하여 그를 바라보았습니다.

"누구한테 들었습니까, 대령님?" 그러자 손녀가 내게 눈짓을 하며 말했습니다. "그래요, 선생님. 정말 좋은 소식이지요. 베를린 포위가 시작되었다니." 다시 고개를 숙여 바느질을 하고 있는 손녀의 목소리는 너무나 차분하고 침착했습니다.

그러니 노인이 어떻게 의심을 할 수 있었겠습니까? 게다가 그는 대포 소리도 들을 수 없었고 비참과 혼란에 빠진 파리도 볼 수 없었으니까요. 그가 침대맡에서 볼 수 있는 거라고는 창문으로 보이는 개선문의 한 귀퉁이와 그의 환상을 충족시키기에 알맞은 제1제정시대의 골동품들이 전부였습니다. 사령관의 초상화와 전투를 그린 판화, 아기 옷을 입은 로마의 왕, 그리고 구리로 장식된 크고 튼튼한 콘솔과 그 위에 놓인 황제 시대의 유물, 메달, 청동 장식품 같은 전리품들, 공 모양의 유리병 안에 담긴 세인트헬레나의 암석…… 거기에 팔에 꼭 끼는 긴소매의 노란 무도회복을 입은 맑은 눈의 곱슬머리 부인을 그린 세밀화까지…… 콘솔이며 로마의 왕이며 사령관들, 그리고 노란 옷을 입은 부인들의 초상화에서처럼 허리띠를 높이 올려 찬 모습이나 목이 파묻히도록 높이 세운 옷깃 등은 모두 1806년의 영광을 재현해 주는 물건들이었죠…… 이런 승리와 정복의 분위기에 우리가 거짓으로 해 준 이야기까지 더해지면서 늙은 대령은 베를린 포위를 곧이곧대로 믿게 되었던 겁니다.

그날부터 우리의 작전은 아주 간단해졌습니다. 베를린을 점령할 날만 기다리면 되었으니까요. 가끔 노인이 너무 지루해 하면 아들의 편지를 읽어 주기도 했습니다. 물론 가짜 편지였지요. 당시엔 파리로 아무것도 반입될 수 없었고, 막마옹 장군의 참모들은 포로가 되어 스당에서 독일의 요새로 이송되고 있었습니다.

아버지가 목숨을 잃었는지, 포로가 되었는지, 병에 걸렸는지 전혀 모르는 채 잠시나마 할아버지를 기쁘게 해 드리기 위해 편지를 써야만 하는 가련한 소녀의 절망감을 상상해 보세요. 그것도 점령지를 향해 진격하는 전장의 병사를 가장하면서 말입니다. 때론 편지 쓸 기운도 없어 몇 주일이나 소식을 끊기도 했습니다. 그럴 때마다 노인은 걱정으로 잠을 이루지 못했고 소녀는 다시 독일에서 편지가 왔다면서 대령의 침대 옆에서 명랑한 목소리로 편지를 읽어 주어야 했습니다. 애써 눈물을 참으면서 말입니다. 대령은 경건한 자세로 알겠다는 듯 미소를 지으며 편지 내용에 귀를 기울였습니다. 그는 편지 내용에 칭찬이나 비난을 곁들였고, 내용이 분명치 않으면 우리에게 설명을 해 주기도 했습니다. 하지만 특히 감동적이었던 건 그가 아들에게 보낸 답장이었습니다.

"너는 네가 프랑스인이라는 것을 결코 잊어서는 안 된다……

불쌍한 사람들에게는 관용을 베풀어야 하며 약탈하거나 거칠게 대해선 안 된다……."

그의 당부는 여기서 끝나지 않고 타인의 소유를 존중할 것, 여성들에게 예의를 갖출 것 등을 세세하게 상기시켜 주었습니다. 이것이야말로 정복자 군대가 갖추어야 할 진정한 규율이라면서 말이지요. 여기에 자신의 정치적 견해들과 패자들과 강화 조약을 맺으면서 주의할 점 등을 덧붙이기도 했습니다. 특히 패자들에게 부당한 것을 요구해선 안 된다는 당부가 잊히지 않습니다.

"전쟁에 들어간 비용 이외에 더 이상을 요구해선 안 된다…… 땅을 빼앗아서 무슨 이득이 있겠느냐? ……독일 땅을 프랑스 땅으로 만들 수는 없지 않느냐?"

대령은 이런 내용들을 또박또박 말하며 받아 적게 했습니다. 그의 말 속에는 진정한 순수함과 아름다운 애국심이 담겨 있어서 듣는 이들은 감동하지 않을 수 없었습니다.

하지만 그러는 사이 포위는 계속되었습니다. 안타깝게도 베를린 포위가 아니었지만요! 혹독한 추위 속에서 폭격은 계속되었고 전염병과 굶주림까지 닥쳐왔습니다. 하지만 우리는 온 정성과 힘을 다해 그를 보살폈고 덕분에 노인의 상태는 큰 탈 없이 안정을 유지할 수 있었습니다. 나는 갖은 수단을 다 동원해서 그에게 흰 빵과 신선한 고기를 구해다 주었습니다. 노인 혼자 먹을 양밖엔 구할 수 없었지만요…….

아무것도 모르는 노인이 자신의 침대 위에서 환하게 웃으며 냅킨을 턱에 받치고 천진난만하게도 혼자만의 식사를 즐기는 모습보다 더 가슴 뭉클한 광경은 없었습니다. 굶어서 얼굴이 창백해진 손녀가 곁에서 할아버지를 부축하여 물을 먹여 주고, 구하기 힘든 음식들을 남김없이 먹도록 도와주었습니다.

식사를 마치고 기운을 차린 노병은 아늑하고 따뜻한 방에서 창밖의 겨울바람과 눈보라를 바라보며 북쪽 나라에서의 전투를 떠올렸습니다. 그리고 먹을 거라곤 꽁꽁 언 비스킷과 말고기밖에 없었던, 참혹했던 러시아에서의 후퇴 이야기를 우리에게 몇 번이고 반복하여 들려주었습니다.

"아가야, 믿을 수 있겠니? 우리는 말까지 잡아먹어야 했단다!"

그녀가 그걸 모를 리가 없었죠. 두 달 전부터 그녀 또한 제대로 먹지 못하고 있었으니까요…….

날이 갈수록 노인의 몸은 회복되었지만 그럴수록 환자를 돌보는 일은 어려워졌습니다. 모든 감각과 몸이 마비되었을 때는 오히려 돌보기가 편했지만 이제 그 마비가 조금씩 풀리기 시작한 겁니다. 마이요 성문에서 들려온 귀를 찢는 포성에 노인은 벌써 두세 번이나 깜짝 놀라 사냥개처럼 귀를 쫑긋 세우곤 했지요. 우리는 바젠 장군이 베를린에서 거둔 최후의 승리를 축하하기 위해 축포를 쏘아 올리는 거라고 거짓말을 지어냈습니다.

노인의 침대가 창문 옆으로 옮겨져 있던 어느 날, (아마도 뷔장발 전투가 있던 목요일이었을 겁니다) 그는 그랜드 아르메 거리에 모인 국민군의 모습을 똑똑히 볼 수 있었습니다.

"그런데 저 군대는 뭐지?" 노인이 물었습니다.

그리고 그가 뭐라 중얼거리는 소리가 들렸습니다.

"저 꼴이 뭐야! 아주 엉망이잖아!"

그러고는 더 이상 별말이 없었습니다. 우리는 이제부터 좀 더 신중해야겠다고 생각했지요. 하지만 안타깝게도 그럴 수 없었습니다.

어느 날 밤, 내가 도착하자 손녀가 매우 근심스러운 표정으로 말했습니다.

"내일 프러시아 군인들이 입성한다는군요."

그런데 마침 할아버지의 방문이 열려 있었습니다! 나중에 생각해 보니, 그날 밤 노인의 표정은 평소와는 매우 달랐던 것 같습니다. 아마도 우리가 한 이야기를 엿들었던 모양입니다. 우리는 프러시아군 이야기를 했는데 노인은 오랫동안 기다렸던 프랑스 개선군의 입성 이야기로 알아들었던 겁니다. 그는 팡파르가 울려 퍼지는 가운데 막마옹 장군이 꽃 속에 파묻혀 거리를 행진하는 모습과 함께 그 곁에 있을 자기 아들의 모습을 떠올렸을 겁니다. 그리고 뤼첸에서처럼 발코니 위에서 정장을 갖추고서 총탄에 뚫리고 화약 냄새가 가시지 않은 검은 독수리 문장의 군기에 경례하는 자신의 모습도 상상했을 겁니다.

아, 가엾은 주브 대령! 아마도 대령은 자신이 너무 흥분할까 봐 우리가 그의 개선 행렬 참여를 막고 있다고 생각한 모양입니다. 그도 또한 우리에게 아무 말도 하지 않고 조용히 있었죠. 하지만 다음 날, 마이요 성문에서 튈르리에 이르는 길을 따라 프러시아 군대가 행진을 하고 있을 때, 갑자기 발코니 창문이 슬며시 열리더니 늙은 대령이 모습을 드러낸 겁니다. 그는 옛 미요드의 기병 시절의 영광스러운 군복에 멋진 투구와 칼을 차고 있었습니다. 아직도 나는 어떤 의지와 생명력이 그를 자리에서 일어나 움직이게 만들었는지 알 수 없습니다. 그러나 분명 그는 발코니 난간 뒤에 서 있었습니다. 그리고 아무도 없는 텅 비고 조용한 거리를 보고는 깜짝 놀라는 듯했습니다. 모든 집들의 문들은 닫혀 있었고, 파리 시내는 흰 바탕에 빨간 십자가가 새겨진 이상한 깃발이 여기저기 나부껴 마치 격리 수용소처럼 음침한데, 우리 프랑스 군을 맞이하러 나온 사람은 아무도 없었던 겁니다.

처음에 노인은 자신이 뭔가 착각했다고 생각했을지도 모릅니다. 하지만 그것은 착각이 아니었습니다. 때마침 개선문 뒤에서 떠들썩한 소리가 들리면서 밝아 오는 햇살 아래 프러시아군의 대열이 모습을 드러냈습니다. 그들의 뾰족한 투구가 햇살에 반짝이는 듯하더니, 작은북들을 시작으로 병사들의 무거운 발소리와 검들이 부딪히는 소리가 들렸고, 그에 맞춰 슈베르트의 '개선 행진곡'이 개선문 아래서 울려 퍼졌습니다.

순간, 광장의 깊은 고요를 깨고 무서운 외침 소리가 들려왔습니다.

"무기를 들어라! 무기를! 프러시아 군인들이 나타났다!"

마침 그때 프러시아군의 행렬 선두에 있던 네 명의 창기병 병사들은 저 위 발코니에서 키 큰 노인 하나가 팔을 휘저으며 비틀거리다가 푹 꼬꾸라지는 광경을 목격할 수 있었습니다.

이번에는 주브 대령이 진짜 죽음을 맞이한 것입니다.

당구 게임

전투는 이틀 동안 계속되었다. 배낭을 멘 채로 억수처럼 쏟아지는 비를 맞으며 밤을 보낸 탓에 병사들은 모두 기진맥진해 있었다. 그들은 진흙탕으로 변해 버린 참호 구덩이 속에서 무기를 내려놓은 채 세 시간을 무작정 대기 상태로 있었다.

며칠 밤을 새운데다 군복마저 비로 흠뻑 젖어 몸은 무거워질 대로 무거워져 있었다. 병사들은 몸을 녹이기 위해 서로 몸을 꼭 붙이고 간신히 몸을 지탱했다. 그중에는 옆 병사의 배낭에 기댄 채 서서 잠이 든 병사도 있었다. 넋이 빠지고 잠에 취한 그들의 얼굴에는 피로와 굶주림이 그대로 드러나 있었다.

불도 없고 따뜻한 수프도 없는, 낮고 검은 하늘이 드리운 비와 진흙탕 속에서 병사들은 사방이 적들로 둘러싸여 있는 듯한 불길함을 느꼈다.

저들은 왜 저러고 있는 것일까? 대체 무슨 일이 일어난 것일까?

포구를 숲 쪽으로 향한 대포들은 무언가를 겨냥하고 있다. 기관총은 숨겨진 채 똑바로 지평선을 향하고 있다. 모든 공격 준비가 완료된 것 같은데 왜 공격하지 않는 걸까? 그들은 무엇을 기다리는 걸까?

⋯⋯병사들은 명령을 기다리는데 사령부에서는 명령을 내리지 않고 있는 것이다.

사령부는 그리 멀지 않은 곳에 있었다. 사령부 건물은 붉은 벽돌로 지어진 루이 13세풍의 멋진 성으로, 비에 씻겨 산허리에서 반짝이고 있었다. 프랑스 국기를 꽂기에 손색이 없을 정도로 위엄 있는 건물이었다. 깊은 도랑과 돌난간이 길과 나란히 달리며 접근을 차단하고 있었다. 그 너머로는 꽃 화분들이 가장자리를 장식한 잔디가 층계참까지 곧장 뻗어 있었다. 반대편, 소사나무들이 빛의 통로를 만들어 내는 저택 안쪽으로는 백조들이 헤엄치는 작은 연못이 거울처럼 펼쳐져 있었고 파고다 모양의 새장 지붕 아래엔 공작과 금색 꿩들이 나뭇가지 아래서 날카로운 소리를 내며 날갯짓을 하거나 꼬리를 둥글게 펼치고 있었다. 주인들은 떠나고 없었지만 전쟁으로 버려졌다는 느낌은 들지 않았다. 사령부의 깃발이 잔디밭의 작은 꽃 하나까지 지켜 주는 듯했다. 화단은 잘 정돈되어 있었고 길은 정적에 싸여 있었다. 전장 한가운데서 이러한

호사스러운 정적을 맛본다는 건 무척이나 감동적인 일이었다.

비는 반대편 길에서는 더러운 흙탕물과 깊은 바퀴 자국을 만들 뿐이었지만, 이곳에 오면 붉은 벽돌과 푸른 잔디를 더욱 붉고 푸르게 만들고 오렌지 나뭇잎들과 백조들의 하얀 깃털을 더욱 윤기나게 만들어 주는 우아한 물세례가 되었다.

모든 것에서 빛이 났고 모두가 평화로웠다. 정말이지 지붕 꼭대기에서 펄럭이는 깃발이 아니라면, 철책 문 앞에서 보초를 서는 병사 두 명만 없다면, 아무도 이곳이 군사령부라고 생각하지 못했을 것이다. 말들은 마구간에서 휴식을 취하고 있었고, 사복을 입고 주방 근처를 어슬렁거리는 당번 사병들과 넓은 안뜰의 모래를 갈퀴로 조용히 고르고 있는 붉은색 바지를 입은 정원사들만 눈에 띌 뿐이었다.

돌난간을 향해 창문이 나 있는 식당에서는 반쯤 치운 식탁과 구겨진 식탁보 위로 마개를 딴 술병들과 뿌연 빈 술잔들이 어질러져 있었다. 식사를 마친 손님들이 떠난 것이다. 옆방에서는 말소리, 웃음소리, 당구공 굴러가는 소리, 잔 부딪치는 소리가 들려왔다. 사령관이 당구 게임을 하느라고 병사들이 저렇게 하염없이 명령을 기다리고 있는 것이다. 사령관은 한번 게임이 시작되면 하늘이 무너지고 세상이 두 쪽 나도 도중에 멈추는 법이 없었다.

당구 게임!

이것이 이 위대한 지휘관의 결점이었다. 마치 전장에 나선 듯 제복을 갖춰 입고 가슴에 훈장들을 단 그의 눈은 반짝이고 뺨은 상기되어 있었다. 식사와 경기 중에 마신 그로그 술 때문이었다.

정중하고도 공손한 자세로 사령관 곁을 둘러싼 참모들은 그가 공을 한 번 칠 때마다 감탄의 표정을 지었다. 사령관이 한 점을 내면 모두들 점수를 올리기 위해 달려갔고, 사령관이 목이 마르면 다투어 그로그 술을 갖다 바쳤다. 사령관이 찬 견장의 깃털 장식들이 흔들리고 훈장들이 부딪혀 소리를 냈다. 정원 쪽과 맞닿아 있어 떡갈나무들에 둘러싸인 천장 높은 응접실은 깔끔한 제복을 갖춰 입은 아첨꾼들의 깍듯한 예절과 상냥한 미소가 넘쳐났다. 이는 콩비에뉴의 가을을 떠오르게 했고, 길가 저쪽 삼삼오오 비를 맞으며 추위에 떨고 있는 꾀죄죄한 군복의 병사들을 잠시 잊게 만들었다.

사령관의 게임 상대는 참모부의 키가 작은 대위였는데 곱슬머리에 꽉 끼는 군복을 입고 밝은 색의 장갑을 끼고 있었다. 그는 당구에 있어서는 세상의 모든 장군들을 이길 수 있는 실력을 갖추고 있었다. 하지만 자기 상관에게만은 애써 이기려고도 하지 않고 쉽게 져주려 애쓰지도 않는 예의를 갖출 줄 알았다.

"이봐, 우리 말을 잘 듣게. 잘 해야 해. 사령관님은 15점이고 자네는 10점일세. 이런 식으로 끝까지 게임을 이끌어야 하네. 그렇게 하면 자네는 밖에서 세상을 삼켜버릴 듯 쏟아지는 폭우 속에서 군복을 더럽혀 가며 오지도 않을 명령을 기다리는 병사들보다 더 빨리 진급할 수 있어."

게임은 흥미진진했다. 당구공들이 굴러가며 다른 공들을 치면 여러 색깔의 공들이 서로 뒤섞였다. 쿠션에 맞은 공이 튕겨 나오고 당구대 주변은 열기로 후끈해졌다. 순간 갑자기 대포의 불꽃이 하늘로 치솟아 올랐다. 육중한 소리가 창문을 뒤흔들었다. 모두가 몸을 떨며 불안한 표정으로 서로를 바라보았다. 하지만 오직 사령관만은 아무것도 보지도 듣지도 못한 듯했다. 그는 당구대에 몸을 기울이고 멋지게 공을 끌어낼 생각에만 골몰하고 있었다. 끌기 기술이 그가 가장 자신 있는 기술이었던 것이다!

……하지만 다시 포화가 번쩍이고 또 다른 포화가 잇따랐다. 포격은 연속해서 이어졌고 게다가 점차 그 간격이 좁아지고 있었다. 참모들이 창가로 달려갔다. 프러시아 군인들이 공격을 해 오는 것이 아닌가?

"좋아! 공격해 보라고 해!" 사령관이 초크를 칠하며 말했다.

"대위, 자네 차례네."

참모들은 감탄하며 몸을 떨었다. 적이 공격해 오는 순간에도 당구대 앞에서 침착함을 잃지 않는 사령관에 비하면 대포 위에서 잠을 잤다는 튀렌 따위는 아무것도 아니었다. 그 사이 굉음은 더 심해졌다. 대포 소리와 찢어지는 기관총 소리, 보병대의 소총 소리가 섞여 들려왔다. 검붉은 연기가 잔디밭 너머에서 올라오고 뜰 안쪽은 불타고 있었다. 놀란 공작과 꿩들은 새장 안에서 큰 소리로 울어댔고 화약 냄새를 맡은 아라비아 산 말들은 마구간에서 뒷발을 딛고 일어섰다. 사령부도 동요하기 시작했다. 급보가 이어지고 전령들이 말을 몰고 도착했다. 사령관을 만나기 위해서였다.

하지만 지금은 아무도 그에게 접근할 수 없었다. 앞에서도 말했던 것처럼 게임이 끝나기 전까지는 아무도 그를 방해할 수 없었던 것이다.

"자네 차례일세, 대위."

하지만 그도 아직 젊은이였던 터라 대위도 방심하고 말았다! 마음이 급해진 그가 자기 임무를 잊고 연달아 두 번이나 점수를 내서 경기를 거의 끝낼 뻔했던 것이다. 이번에는 사령관이 화를 냈다. 당황과 분노가 혈색 좋은 그의 얼굴에 그대로 나타났다. 이때 말 하나가 쏜살같이 달려와 정원으로 뛰어들었다. 진흙투성이의 참모 한 명이 보초병을 밀치고 단숨에 층계 위로 올라섰다.

"사령관님, 사령관님……"

사령관이 그를 어떻게 맞이했는지 여러분도 봤어야 했는데……

잔뜩 화가 나 닭 벼슬처럼 빨개지고 부은 얼굴의 사령관이 당구 큐를 손에 쥔 채 창가로 다가갔다.

"뭐야? ……무슨 일인가? ……여긴 보초병도 없나?"

"하지만 사령관님……"

"알았어…… 잠시 기다리게…… 명령을 내릴 때까지 기다리라고…… 빌어먹을!"

그러고는 창문이 꽝 닫혔다.

그의 명령을 기다려야만 한다!

불쌍한 병사들이 할 수 있는 것은 기다림밖에 없었다. 비바람과 함께 유탄들이 병사들의 얼굴에 퍼부어졌다. 무기가 있는데도 왜 공격하지 못하는지 이유도 알지 못하고 멍하니 대기만 하던 다른 대대들은 이미 전멸해가고 있었다. 그런데도 병사들은 어쩔 수 없이 명령만을 기다리고 있는 것이다.

하지만 죽는 데에 명령은 필요 없었다. 병사들은 침묵하는 거대한 성을 바라보며 덤불 뒤에서, 구덩이 속에서 수백 명씩 쓰러졌다. 병사들이 쓰러진 뒤에도 총탄은 그들의 몸을 찢었고, 병사들의 벌어진 상처에서는 용감한 프랑스의 피가 소리 없이 흘러내렸다.

저 위쪽 당구대가 있는 홀에서도 싸움은 치열했다. 사령관은 점수에서 앞서 나갔고 키 작은 대위는 사자처럼 방어만 했다.

십칠! 십팔! 십구! ……

사람들은 초조하게 점수를 헤아렸다. 총성은 점점 가까이 다가왔다. 이제 한 점만 내면 끝이었다. 포탄은 이미 정원 위로 떨어지고 있었다. 연못에도 포탄이 떨어졌다. 거울 같은 연못의 수면이 갈라졌고 그 위에서 피투성이가 된 백조가 날개를 파닥이며 떠다녔다. 마지막 포격이었다.

이제 다시 깊은 침묵이 찾아왔다. 자작나무 위로 빗방울 떨어지는 소리, 언덕 밑에서 뭔가 구르는 소리, 젖은 길 위를 급박하게 지나가는 가축 떼의 발소리 같은 것만 들릴 뿐이었다. 살아남은 병사들이 패주하고 있었던 것이다. 그리고 사령관은 게임에서 승리를 거두었다.

콜마르 재판관의 환상

기욤 황제에게 선서를 하기 전까지만 해도 콜마르 재판소 소속의 키 작은 재판관 돌링제만큼 행복한 사람도 없었다. 삐딱하게 법모를 쓴 그가 불룩한 배를 하고서는 모슬린 깃 장식 위에 세 겹의 턱을 얹은 채 싱글벙글하며 법정에 나타나던 시절엔 정말 그랬다.

"아! 이제 잠이나 자야겠다."라고 말하는 듯 그는 의자에 앉곤했다. 통통한 다리를 쭉 뻗고 커다란 안락의자의 푹신하고 말랑한 새 가죽 방석 위에 몸을 파묻는 모습은 보기에도 유쾌했다. 법관으로 있으면서 삼십 년 동안 앉았던 자리였지만 가죽 방석은 그에게 한결같은 만족과 즐거움을 주었다.

하지만 이런 돌링제에게도 불운이 찾아왔다!

그의 신세를 망친 것이 바로 이 가죽 방석의 푹신함이었다. 모조 가죽 방석이 너무나 편안하고 만족스러웠던 나머지 방석에서 일어나는 것보다 차라리 프러시아 사람이 되길 원했던 것이다. 기욤 황제가 그에게 말했다.

"그 자리에 그냥 머물러 계시오, 돌링제 씨!"

이렇게 해서 돌링제는 자리를 지키게 되었다. 그는 콜마르 재판소의 판사 자격으로 베를린의 황제 폐하를 대신해 단호하게 판결을 내렸다.

그의 주변에 변한 것은 하나도 없었다. 여전히 낡고 침침한 법정, 반질반질한 의자가 놓인 교리 문답실, 벽지를 바르지 않은 벽, 변호사들의 잡담 소리, 서지 천의 커튼을 친 높다란 창문 아래로 떨어지는 흐릿한 빛 그리고 고개를 떨군 채 팔을 벌린 먼지 가득한 그리스도 상도 그대로였다. 프러시아 땅이 되었어도 콜마르의 재판소는 그 권위를 잃지 않았다. 법정 안쪽에는 여전히 황제의 흉상도 있었다. 그런데도 돌링제는 낯선 기분이 들었다. 아무리 자신의 안락의자에 깊이 몸을 파묻어도 더 이상 예전처럼 단잠을 이루기 어려웠고 어쩌다 법정에서 잠이 들어도 악몽에 시달리곤 했다.

꿈속에서 돌링제는 오네크나 발롱달자스 같은 높은 산 위에 서 있었다. 시든 나무들과 작은 벌레들만 보이는 높은 산 위에서 홀로 법복을 입고 커다란 안락의자에 앉아 그는 도대체 무엇을 하고 있었을까? 돌링제 자신도 알 수 없었다. 그는 식은땀과 악몽의 두려움에 몸을 떨며 기다렸다. 검은 전나무 숲 뒤 라인 강 건너편으로 커다란 붉은 태양이 떠올랐다. 태양이 떠오를수록 아래 탄 계곡이나 멩스테 계곡에서 또 알자스 전체에서 희미한 소음과 발자국 소리, 마차 굴러가는 소리가 점점 커지면서 돌링제의 가슴도 죄어 왔다. 이윽고 돌링제 재판관은 산허리의 구불구불한 길을 따라 끝없는 행렬이 자신을 향해 다가오고 있는 것을 보았다. 보주 산맥의 길을 약속 장소로 삼아 이주해 오는 알자스 주민들의 슬프고도 엄숙한 행렬이었다.

전에는 네 마리의 소들이 끄는 수레들이 수확철마다 곡식들을 잔뜩 싣고 넘던 길이었다. 이 길을 그들은 가구며 옷가지, 연장들을 싣고 넘어 가고 있었다. 커다란 침대와 높은 장롱, 인도 사라사 침구들, 궤짝들, 물레, 아이용 의자, 조상 대대로 내려온 소파며 낡은 유물들을 집안 구석구석에서 끄집어내고 모아서 바람에 흩날리는 길거리의 먼지 속에 싣고 오는 것이다. 집 한 채가 몽땅 수레에 실려 있었다. 소들은 신음 소리를 내며 수레를 끌고 나아갔다. 하지만 쟁기나 곡괭이, 갈퀴, 쇠스랑에 마른 흙 조각들이 들러붙어 무거워졌는지 수레바퀴가 땅에 달라붙어 버렸는지 좀처럼 앞으로 나아가지 못했고 한 발자국을 옮기는 것을 나무뿌리를 뽑는 것만큼이나 힘들어했다. 그 뒤로 온갖 계층과 나이가 뒤섞인 군중들이 조용히 따르고 있었다. 지팡이에 몸을 기댄 채 비틀거리는 삼각 모자의 노인부터 무명 바지에 멜빵을 멘 금발의 곱슬머리를 한 아이들까지, 중풍 걸린 할머니를 당당하게 어깨에 들쳐 업고 오는 청년부터 엄마들의 가슴에 들러붙은 젖먹이들까지, 건강한 사람에서 장애를 가진 사람까지, 내년이면 입대할 사람부터 이미 끔찍한 전투를 경험한 사람까지, 한쪽 다리가 잘린 채 목발을 짚고 걷는 기갑병도, 슈판다우 참호의 곰팡이 자국이 남아 있는 누더기 군복을 입고 기진맥진해 있는 창백한 얼굴의 포병도, 모두가 콜마르 판사가 앉아 있는 곳까지 당당하게 걸어왔다. 그리고 그의 앞을 지나는 순간 모두가 그를 노려보고 분노와 경멸의 표정을 지으며 얼굴을 돌렸다.

아! 불쌍한 돌링제! 그는 숨고 싶었고 도망치고 싶었다. 하지만 그럴 수 없었다. 그의 안락의자는 산 속 깊숙이 박혀 있었고, 그의 가죽 방석은 그 안락의자에 박혀 있었고, 그는 그 가죽 방석에 들러붙어 꼼짝도 할 수 없었다. 그때서야 그는 이곳이 죄인 공시대와 같은 곳이라는 사실을 깨달았다. 아주 멀리서도 자신의 수치스러운 모습을 모두가 볼 수 있도록 이곳 높은 곳에 공시대를 만들어 놓았던 것이다…….

한 마을에서 다른 마을로 행렬은 계속 이어졌다. 스위스 국경 주민들은 커다란 가축 떼를 몰고 왔고 사르 주민들은 광석을 나르는 수레에 자신들의 무거운 철제 연장들을 실어 끌고 왔다. 이어 도시 주민들이 지나갔다. 방적 공장 일꾼들, 피혁 제조인들, 직조공들, 베틀에 날실을 거는 직공들, 상공인들, 사제들, 랍비들 그리고 검고 붉은 옷을 입은 재판관들. 이들은 옛 재판장을 필두로 한 콜마르 재판소의 사람들이었다. 돌링제는 창피해 얼굴을 감추려 했지만 그의 손은 마비된 듯 움직이지 않았고 눈을 감으려 해도 눈꺼풀이 움직이지 않았다. 어쩔 수 없이 돌링제는 그들을, 그들은 돌링제를 마주 보아야 했다. 하지만 그들 또한 지나가면서 돌링제에게 경멸의 시선을 던지는 걸 잊지 않았다.

공시대에 오른 재판관! 정말 그만큼 끔찍한 것도 없었다.

무엇보다 끔찍한 일은, 그의 가족들도 무리들 속에 있으면서 누구 하나 아는 체하지 않는다는 것이었다. 그의 아내와 아이들은 그의 앞을 지날 때 고개를 숙여 버렸다. 가족들마저도 그를 수치스러워 하는 것 같았다. 심지어 그가 그토록 예뻐하는 막내 미셸조차 그를 한 번도 돌아보지 않았다! 옛 재판장만 그의 앞에 잠시 멈추어서 낮은 목소리로 이렇게 말했을 뿐이었다.

"우리와 함께 갑시다, 돌링제. 여기 있지 말고……."

하지만 돌링제는 일어설 수 없었다. 그는 몸부림치고 소리쳤다. 이렇게 행렬은 몇 시간이고 계속되었다. 해가 저물어 행렬이 멀어지자 종탑과 공장들로 가득한 아름다운 골짜기는 조용해졌다. 알자스 전체가 떠나 버린 것이다. 오직 저 높은 곳에 콜마르 재판관만 자신의 공시대 위에서 꼼짝없이 앉아 있었다.

……갑자기 장면이 바뀌었다. 주목들과 검은 십자가, 늘어선 무덤들, 상복을 입은 사람들이 나타났다.

콜마르의 묘지 앞, 성대한 장례식이 치러지고 있었다. 마을의 종들이 일제히 울렸다. 돌링제 재판관이 죽은 것이다. 명예가 이루지 못한 일을 죽음이 대신해 준 것이다. 죽음은 자리를 고수하던 이 종신직 판사를 그의 둥근 가죽 방석으로부터 떼어 길게 눕혀 놓았다.

죽은 자신을 위해 울고 있는 꿈을 꾸는 것만큼 끔찍스러운 일도 없었다. 돌링제는 몹시 가슴 아파하며 자기 장례식에 참석했다. 하지만 자신의 죽음보다 더 절망스러운 것은 자신을 둘러싼 수많은 군중 속에 단 한 명의 친구나 친척도 찾아볼 수 없다는 것이었다. 콜마르의 사람은 없고 오직 프러시아 사람들 뿐이었다! 프러시아 병사들이 그의 운구를 호위했고 프러시아 법관들이 그의 죽음을 애도했고 무덤 앞에서의 추도사도 프러시아인들이 했으며 그의 몸 위로 덮인 무척이나 차갑던 흙도, 아아! 프러시아 흙이었다!

갑자기 군중들이 정중히 길을 내어 주었다. 멋진 흉갑 기병 하나가 외투 안에 큰 국화 화환 같은 것을 감추고 가까이 다가왔다. 모두가 쑥덕거렸다.

"비스마르크야! 비스마르크가 왔어!"

콜마르의 재판관이 씁쓸한 마음으로 이렇게 생각했다.

'백작님, 이렇게 와 주시다니 너무나 과분한 영광입니다. 하지만 차라리 막내 미셸이 여기 있었더라면……'

갑자기 커다란 웃음소리가 들려와서 그의 생각은 멈추었다. 미친 듯 거침없이 쏟아지는, 억제할 수 없는 웃음소리였다.

'저 사람들 왜들 저러지?' 어리둥절한 재판관이 생각했다. 그는 일어서서 살펴보았다.

방금 비스마르크가 그의 무덤 앞에 아주 엄숙하게 내려놓은 것은 돌랑제의 둥근 가죽 방석이었다. 그리고 그의 방석 둘레에는 다음과 같은 묘비명이 적혀 있었다.

명예로운 종신 재판관

돌링제 판사에게

추모와 애도를

묘지에 모인 모든 사람들이 몸을 비틀며 웃어댔고 이 프러시아인들의 무례한 웃음소리는 지하 묘지까지 울려 퍼졌다. 영원히 끝날 것 같지 않은 조소 속에서, 죽은 자는 수치심에 울고 있었다.

파리의 농부
-파리 포위 시절

샹프로제에서 그들은 정말 행복했었다. 그들의 가축 사육장이 내 방 창 바로 밑에 있어서 일 년 중 반은 그들과 내가 한데 섞여 있는 느낌이었다. 날이 밝기도 전 남편은 마구간으로 들어가 짐수레에 말을 맨다. 그리고 채소를 팔기 위해 코르베이유로 출발하는 소리가 들린다. 다음에는 그의 아내가 일어나 아이들에게 옷을 입히고 닭들을 부르고 소젖을 짠다. 아침 내내 크고 작은 나막신 소리가 나무 계단을 우르르 오르내리는 소리가 났고 그 소리는 오후가 되어야 잠잠해졌다. 아버지는 밭에 나가고 아이들은 학교로 가고 아내는 앞마당에서 빨래를 널거나 방문 앞에서 막내를 돌보며 조용히 바느질을 했다. 이따금 누군가 길을 지나면 바느질을 멈추지 않고 이야기를 나누었다.

팔월의 끝자락에 있던 어느 날, 한번은 아내가 이웃집 여자와 이야기를 나누는 소리가 들렸다.

"아니, 정말 프러시아인들이! ……그 사람들이 프랑스에 왔다는 말이에요?"

"장 어머니, 그들은 이미 샬롱에 와 있어요!" 내가 창문을 통해 소리쳤다.

이 말에 그녀는 큰 소리로 웃었다. 센 에 우아즈의 작은 시골구석에서 농민들은 적이 침공했다는 이야기를 잘 믿지 않았다.

하지만 매일 짐 실은 마차가 줄을 지어 지나갔다. 부자들의 집들은 문이 닫혔다. 해가 길고 아름다운 팔월, 닫힌 철문 너머 꽃이 진 정원들은 황량하고 음산해 보였다. 그리고 나의 이웃들은 차츰 불안해하기 시작했다. 고향을 떠나는 집이 생길 때마다 그들은 매번 슬퍼했다. 버림받은 기분이 들었던 것이다. 그러던 어느 날, 마을 사방에서 북소리가 울렸다! 프러시아인들에게 아무것도 남겨 주지 않도록 파리로 가서 암소와 사료들을 모두 팔아 버리라는 지방 당국의 명령이 떨어진 것이다…… 남편은 혼자서 파리로 떠났다. 쓸쓸한 여행이었다. 넓은 포장도로 위로 이삿짐을 잔뜩 실은 마차들의 행렬이 이어졌다. 뒤죽박죽 마차 바퀴들 사이에서 돼지와 양떼들이 뒤엉켜 뒤뚱대고 재갈을 물린 소들이 수레들 앞에서 울음소리를 냈다. 가난한 사람들이 길가의 기다란 도랑을 따라 색 바랜 긴 의자, 제정 시대의 탁자, 페르시아 풍 장식의 거울 등 낡은 가구들을 실은 손수레를 밀고 갔다. 이 먼지투성이의 물건들을 집에서 들어내 옮기고 가득 싣고 길 위로 나서는 것은 무척이나 고통스러운 일이었으리라.

파리로 들어가는 성문은 몹시 붐벼서 두 시간이나 기다려야 했다. 기다리는 동안 가엾은 남편은 암소 곁에 바짝 붙어 겁먹은 눈으로 성의 대포 구멍이나 물이 가득 찬 해자와 높이 쌓은 요새와 길가에 시들어 쓰러진 키 큰 이탈리아 포플러 등을 둘러보았다. 저녁이 되어서야 하얗게 질려 집으로 돌아온 남편은 자기가 본 것들을 모두 아내에게 이야기해 주었다. 아내는 공포에 떨며 다음 날이라도 당장 떠나자고 했다. 하지만 하루하루가 지나면서 이들의 출발은 계속 미루어졌다. 수확할 곡물이 있었고, 갈아야 할 밭이 있었고, 포도주를 담글 시간 정도는 있겠지 하면서…… 무엇보다도 마음 깊은 곳에는 프러시아 군인들이 자신들이 있는 데까지 오지는 않겠지 하는 막연한 희망도 있었다.

그러던 어느 날 밤 부부는 엄청난 포탄 소리에 잠을 깼다. 코르베이유 다리가 폭파된 것이다. 마을 남자들이 집집마다 문을 두드리며 돌아다녔다.

"기병들이에요! 프러시아 기병들이요! 도망쳐요!"

그들은 서둘러 일어나 짐수레에 말을 매고 잠에서 덜 깬 아이들에게 급히 옷을 입혀 몇몇 이웃들과 함께 지름길을 택해 도망쳐 나왔다. 그들이 산허리쯤에 이르렀을 때 세 시를 알리는 종소리가 들렸다. 그들은 고개를 돌려 마지막으로 우물가와 교회 앞 광장, 자신들이 평소 다니던 길, 센 강으로 내려가는 길, 포도밭 사이를 가로지르는 길 등을 바라보았다. 이 모든 것들이 평소와는 달리 낯설어 보였다. 버려진 작은 마을의 집들은 아침의 하얀 안개 속에서 끔찍한 예감에 떨며 서로를 꼭 껴안고 있는 것 같았다.

마침내 그들은 파리에 도착했고 쓸쓸한 거리가 내려다 보이는 5층 방 두 개를 구했다. 그다지 운이 나쁘지 않았던 남편은 일자리도 구할 수 있었다. 또한 국가 수비대에 소속되어 성곽을 지키거나 훈련 등에 참가하느라, 텅 비어 있을 자기 집 헛간이나 씨를 뿌리지 못한 밭에 대한 생각들을 조금은 잊을 수 있었다.

하지만 겁이 많은 아내는 앞으로 어떤 일이 벌어질지 몰라 전전긍긍하고 있었다. 두 딸은 학교에 갔지만 운동장도 없는 음침한 학교는 아이들을 숨 막히게 했다. 마치 벌통처럼 와자지껄 활기가 넘치던 시골 학교와 등교를 위해 매일 아침 2킬로미터나 걸어야 했던 숲길을 생각하면 더 그랬다. 어머니는 이렇게 슬퍼하는 딸들이 안쓰러웠지만 무엇보다 걱정스러운 것은 막내였다.

시골에서 아이는 마당이건 집이건 엄마를 쫓아다니며 엄마를 따라 문지방의 층계참을 뛰어넘기도 하고 빨개진 조막손을 빨래통에 담그거나, 엄마가 쉬엄쉬엄 뜨개질을 할 때면 문 앞에 홀로 앉아 놀기도 했다. 하지만 5층까지 올라야 하는 이곳의 계단은 어두침침해 발을 헛디디기 일쑤였다. 게다가 작은 벽난로의 불꽃은 너무 약했고, 창문은 너무 높고, 대기는 뿌연 연기로 덮이고, 슬레이트 지붕은 젖어 있었다……

뛰어놀 수 있는 마당이 있기는 했지만 관리인이 달가워하지 않았다. 관리인이라는 것도 도시가 만들어 낸 직업이 아닌가! 시골에서는 각자가 자기 집의 주인이며 자신의 작은 공간을 직접 돌보게 되어 있었다. 낮에는 문을 활짝 열어 놓고 밤에는 커다란 나무 빗장만 걸어 놓으면 그만이었다. 그러면 온 식구가 전원의 까만 밤 속에서 아무 두려움 없이 편히 잠들 수 있었다. 가끔씩 개들이 달을 보고 짖어 댔지만 아무도 방해받지 않았다.

하지만 가난한 파리의 주택에서는 관리인이 주인이나 다름없었다. 막내는 마당에 지푸라기와 과일 껍질들을 어질러 놓는다는 이유로 가족의 염소들을 팔아 버리게 만든 사나운 관리인 여자 때문에 혼자서 계단을 내려가지도 못했다.

가련한 어머니는 심심해하는 아이의 기분을 어떻게 풀어 주어야 할지 몰랐다. 결국 자신이 할 수 있는 최선의 방법으로, 식사가 끝나자마자 아이에게 옷을 입혀 손을 잡고 거리로 나가 가로수 길을 산책했다. 하지만 길가에서 막내는 사람들에게 부딪히고 파묻히며 두려운 눈으로 주위를 두리번거릴 뿐이었다. 아이의 흥미를 끄는 것은 말(馬) 뿐이었다. 유일하게 막내가 알 수 있고 막내를 웃게 하는 것이 말이었다. 어머니 또한 그 무엇에도 재미를 붙일 수 없었다. 천천히 걸으면서 그녀는 두고 온 집과 가재도구들

68

을 떠올렸다. 순수해 보이는 얼굴에 깨끗한 옷매무새, 윤기 나는 머릿결의 어머니와 동그란 얼굴에 높은 나무 굽 구두를 신은 막내아들이 나란히 걸어가는 것을 본 사람들은 금방 눈치챘을 것이다. 이들이 고향을 떠나 떠돌고 있다는 것을! 그리고 공기 좋고 한적한 고향의 길을 마음속 깊이 그리워하고 있다는 것을!

나룻배

전쟁 전, 그곳엔 멋진 현수교(懸垂橋)가 놓여 있었다. 양쪽에 흰색 돌로 된 높은 교각을 세우고 타르를 칠한 로프들이 센 강의 상공을 가로지르며 하늘의 기구(氣球)들과 강에 떠다니는 배들을 한층 아름답게 만들어 주었다. 커다란 아치형의 다리 밑으로는 예인선이 긴 연기 기둥으로 하루 두 번씩 소용돌이 연기를 내뿜으며 지나갔다. 강가에는 작은 고깃배가 로프에 묶여 있었고 세탁하는 여자들의 빨래 방망이와 빨래 의자들을 보관하는 헛간도 있었다. 물가에서 어깨를 마주하고 시원한 바람에 흔들리는 포플러 가로수들이 마치 녹색 커튼처럼 드리워지며 다리까지 이어졌다. 너무도 멋진 풍경이었다.

하지만 올해엔 모든 것이 바뀌었다. 포플러 나무들은 여전히 서 있었지만 껍데기뿐이었다. 다리는 사라지고 없었다. 두 개의 교각은 날아가 버렸고 남아 있는 것은 돌 파편들뿐이었다. 진동으로 반파된 하얀색 작은 요금소는 파괴나 폭동이 만들어 낸 또 하나의 잔해처럼 보였다. 로프들과 철선들은 쓸쓸히 물에 잠겨 있었다. 다리 판은 붉은 깃발을 올려 조난을 알리는 거대한 난파선처럼 강 한가운데 모래 위에 처박혀 있었고 센 강을 따라 떠내려온 뿌리 뽑힌 잡초들과 이끼 낀 판자들이 물의 흐름을 막으며 소용돌이를 일으키고 있었다. 이러한 풍경에는 마치 찢어진 상처 안을 들여다보는 듯한 참담함이 있었다. 듬성듬성해진 가로수는 주변 풍경을 더욱 쓸쓸하게 만들었다. 그토록 무성했던 포플러 나무들은 온통 벌레가 먹었고(나무들도 적들에게 침공당한 것이다), 갈기갈기 찢어진 가지들은 새싹도 틔우지 못한 채 축 늘어져 있었다. 아무 쓸모가 없어진 황량한 길에는 커다란 흰나비들이 무거운 날갯짓으로 날고 있었다.

다리가 복구되기까지는 시간이 필요했기에 강가에 나룻배가 생겼다. 일종의 거대한 뗏목 같은 것으로, 마차와 말들과 쟁기 그리고 물살을 보고 순한 눈이 휘둥그레진 암소들까지 모두 실을 수 있었다. 가축과 연장들은 배 한가운데에 싣고 가장자리에는 여행객들과 농부들, 시내로 학교 가는 아이들, 자기 별장으로 가는 파리 사람들을 태웠다. 말 옆구리에서 베일이나 리본 같은 것들이 휘날릴 때는 마치 난파당한 사람들을 싣고 가는 뗏목처럼 보이기도 했다. 배는 아주 천천히 나아갔다. 강은 이전보다 훨씬 넓게 느껴졌다. 이제는 남남이 되어버린 양쪽 강둑 사이에서 수평선은 무너진 다리의 잔해들을 뒤로 한 채 서글프고도 장엄하게 펼쳐져 있었다.

 그날 아침, 나는 강을 건너기 위해 이른 시각에 도착했다. 강가에는 아직 아무도 나와 있지 않았다. 축축한 모래 위에 낡은 마차를 고정시켜 만든 사공의 오두막은 안개에 젖은 채 닫혀 있었다. 안에서는 아이들의 기침 소리가 들렸다.

 "어이, 유젠, 어서 가자고!"

 "네, 나갑니다!" 사공이 대답하며 몸을 끌고 나왔다.

 아직 나이가 젊은, 잘생긴 사공이었다. 하지만 최근 전쟁터에 포병으로 나갔다가 다리에 파편을 맞고 얼굴에는 온통 상처 자국을 남긴 채 관절이 다쳐 돌아왔다. 이 젊은이가 선량한 미소를 지으며 내게 말했다.

 "오늘 아침은 우리 둘뿐이니 편하게 가실 수 있겠네요, 선생님."

 나루터에는 정말 나 혼자뿐이었다. 하지만 사공이 밧줄을 푸는 사이 사람들이 도착했다. 제일 먼저 뚱뚱한 농부 아낙네가 도착했다. 눈망울이 맑은 그녀는 코르베이유 시장에 가는지 양팔에 커다란 바구니를 끼고 있었다. 이 바구니들이 그녀의 투박한 몸에 균형을 맞춰 주어 배 위에서 비틀거리지 않고 똑바로 걷게 해 주었다. 그녀에 이어 다른 승객들이 움푹 팬 길을 걸어오는 모습이 안개 사이로 어렴풋이 보였고 이야기 소리도 들렸다. 울음 섞인 여인의 나지막한 목소리였다.

"오! 샤시노 씨, 제발 우리 좀 살려 주세요…… 아시다시피 그이도 지금 일을 하고 있잖아요…… 돈을 갚을 테니 시간을 좀 주세요…… 그이가 그렇게 사정하잖아요."

"시간은 충분히 드렸소. 과하도록 드렸지." 이 빠진 늙은 농부가 인정머리 없는 목소리로 대답했다.

"이젠 집달리가 해결할 문제야. 그가 잘 알아서 하겠지. 어이, 유젠!"

"저 망나니가 샤시노라는 놈입니다…… 저기, 저놈이죠!" 사공이 낮은 목소리로 내게 말했다.

그때, 강가로 다가오는 키가 큰 노인의 모습이 보였다. 두꺼운 나사 천으로 만든 프록코트에 완전히 새것인 듯한 높다란 실크 모자로 우스꽝스럽게 멋을 내고 있었다. 햇볕에 그을리고 깊게 팬 주름에 곡괭이질로 손마디가 굵어지고 일그러진 시골 농부가 신사복을 차려입으니 얼굴이 불에 탄 듯 더 새까매 보였다. 고집스러워 보이는 얼굴과 아파치 인디언 같은 커다란 매부리코, 뾰족한 입과 심술 가득한 주름은 '샤시노'라는 그의 이름처럼 사나운 인상을 주었다.

"이봐 유젠, 어서 가자고." 나룻배로 뛰어오르며 그가 화가 나

떨리는 목소리로 말했다.

사공이 배에 묶인 줄을 푸는 동안 농부 아낙네가 그에게 다가가 물었다.

"샤시노 씨, 누구에게 그렇게 화를 내신 거예요?"

"아! 블랑슈 당신이군. 말도 마시오. 이거 참 울화가 치밀어서…… 마질리에네 집구석 때문이지, 누구겠어!"

그가 흐느끼며 움푹 팬 길을 걸어가고 있는 작고 희미한 그림자를 향해 주먹질을 하며 말했다.

"저 사람들이 무슨 짓을 했길래요?"

"집세도 넉 달째 안 내고 있는데다 밀린 술값도 한 푼도 못 받았다고! 지금 이 길로 집달리한테 갈 생각이야. 저 거지 같은 놈들을 거리로 쫓아 버려야지."

"하지만 마질리에네 집 사람들은 참 착하던데. 돈을 갚지 못하는 것도 아마 저 사람들 잘못이 아닐 거예요……. 이번 전쟁 통에 재산을 몽땅 잃어버렸다잖아요."

그러자 늙은 농부가 발끈 화를 내며 말했다.

"멍청이 같은 놈이지! 프러시아군을 상대로 많은 돈을 벌 수 있었는데도 그걸 마다하다니. 프러시아 군인들이 들어온 날부터 술집 문을 닫고 간판을 아예 내려 버렸지 뭔가. 다른 카페 주인들은 전쟁 통에 많은 돈을 벌었는데도 유독 그놈만 땡전 한 푼 못 벌었어……. 거기에 프러시아 군인들에게 건방지게 구는 바람에 감옥까지 갔다 왔다니까? 그러니 바보 멍청이랄밖에. 제 놈이 뭐가 그렇게 잘났다고? 자기가 무슨 군인이라도 된대? 손님들한테 포도주, 브랜디나 잘 따라 주었으면 돈을 갚고도 남았을 거 아니야. 불한당 같은 놈! 저 혼자 애국자 노릇하다가 무슨 꼴을 당하나 어디한번 보자고!"

화가 나 얼굴이 시뻘개진 그는 커다란 프록코트를 입고도 시골사람의 작업복에나 어울릴 만한 거친 태도로 성을 냈다.

그가 말을 계속할수록 방금까지 마질리에 사람들에 대한 연민으로 가득했던 여자 농부의 맑던 눈은 점점 더 냉랭하고 경멸에가까운 눈빛으로 변해갔다. 그녀 역시 시골 아낙네였다. 이런 사람들은 돈벌이를 마다하는 사람을 좋아하지 않는 법이다. 처음엔"그 부인이 참 안됐어요." 하며 말을 꺼내더니 나중엔 "맞아요……기회를 놓치지 않았어야 하는데…….”라고 했다. 그리고 마지막에가서는 이렇게 말했다. "영감님 말이 맞아요. 빚을 졌으면 당연히갚아야죠."

샤시노가 이를 악물며 같은 말을 되풀이했다.

"멍청이 같은 놈! 천하에 멍청이 같은 놈!"

뱃머리에서 노를 저으며 이야기를 전부 듣고 있던 사공이 결심한 듯 한마디 끼어들었다.

"샤시노 영감님, 그렇게 야박하게 굴지 마세요. 집달리에게 간들 무슨 소용이 있겠어요? 저 불쌍한 사람들의 물건들을 팔아 버리는 건 너무 지나친 것 같아요. 그러니 조금만 더 기다려 주세요. 그럴 형편은 되시잖아요."

그러자 늙은이는 뱀에 물린 사람처럼 홱 뒤돌아서며 소리쳤다.

"입 닥치고 있어! 너도 애국자인 척하는 놈과 한패구나. 한심한 것들! 애는 다섯이나 두고 돈 한 푼 없는 주제에 누가 시키지도 않았는데 대포나 쏘러 돌아다니고 말이야! 선생, 제 말 좀 들어 보세요. (이 가증스런 늙은이는 내게 동의를 구하고 있었다.) 대체 그딴 게 우리 같은 사람들에게 무슨 소용이랍니까? 저놈만 해도 그래요. 얼굴은 저 지경이 되고 멀쩡하던 직장까지 잃었잖소. 그래서 지금은 부랑자처럼 사방에서 바람 새는 판잣집에 세 들어 살고 있다오. 애들은 아프고 아내는 세탁 일에 파김치가 되어 가는데 말입니다…… 그러니 저놈도 멍청이가 아니고 뭡니까?"

사공의 얼굴에 분노의 빛이 서렸다. 창백한 얼굴 한가운데 난 칼자국이 더 깊고 하얘 보였다. 그러나 그는 참을 줄 알았다. 뱃머리에 선 그는 아무 말 없이 분노의 감정을 실어 삿대가 모랫바닥에 처박히도록 배를 저어갔다. 그가 한마디만 더 했더라면 지금의 자리를 잃게 되었을지도 모른다. 왜냐하면 셈에 밝으신 샤시노 선생님께서는 바로 이 지방의 유지였기 때문이다. 그는 시의회 의원이었다.

쇼뱅의 죽음

내가 그를 처음 만난 것은 어느 팔월의 일요일 기차 안에서였다. '스페인-프러시아 사건'이라 불리던 사건이 막 시작되던 무렵이었다. 한 번도 만나본 적이 없었지만 나는 그를 금세 알아보았다. 키가 크고 비쩍 말랐으며 반백의 머리에 매부리코를 한, 열기 가득한 얼굴이었다. 늘 노기 띤 눈빛을 하고 있었지만 가슴 한쪽에 훈장을 단 신사들에게만은 친절했다. 이마는 납작하고 좁아 고집스러워 보였으며 늘 같은 장소에서 쉬지 않고 같은 일을 반복하며 같은 생각만 하는 사람의 얼굴에 생기는 한줄기 깊은 주름이 이마에 깊이 패어 있었다. 어투에서부터 순진하고도 편협한 국수주의의 태도가 드러났다. 특히 "프랑스"나 "프랑스 깃발" 하며 심하게 'r' 발음을 굴리는 고약한 버릇에서 그런 면이 나타났다. 그를 보자마자 나는 "쇼뱅이구나!"라고 생각했다.

틀림없는 쇼뱅이었다. 손짓 발짓을 섞어가며 열변을 토하고, 신문을 읽으며 프러시아에 저주를 퍼붓고, 미친 사람처럼 마구잡이로 지팡이를 휘둘러대며 베를린으로 진격하라고 외쳐대는 그 사람…… 주저도 타협도 없다. 전쟁이다! 오직 전쟁뿐이다.

"하지만, 쇼뱅 씨, 아직 준비가 되어 있지 않다면……?"

"선생, 프랑스는 언제나 준비가 되어 있소!" 쇼뱅은 자세를 바로 하며 대답했다.

뾰족한 그의 콧수염 아래서 돌격하듯 튀어나온 'r' 발음이 창문을 흔들었다. 사람을 짜증스럽게 만드는 꼴통 같은 인물이었다. 나는 그의 이름을 우스꽝스런 명물로 만들어준 유행가와 조롱의 말들을 잘 알고 있었다!

첫 만남 이후로 나는 그를 피하기로 결심했다. 그러나 이상한 우연이 그와 나를 자꾸 마주치게 했다. 그 처음은 상원에서 그라몽 씨가 우리 원로 의원들에게 전쟁이 시작되었음을 엄숙히 선포할 때였다. 이 떨리는 발표의 순간에 "프랑스 만세!"를 외치는 큰 고함 소리가 방청석에서 터져 나왔다. 나는 저 위쪽 기둥들 사이에서 긴 팔을 휘둘러대는 쇼뱅의 모습을 발견할 수 있었다. 얼마 뒤에는 그를 오페라 극장에서 다시 볼 수 있었다. 그는 지라르댕의 전용 좌석에서 가수에게 '독일의 라인 강'을 부르라고 요청했고 노래를 아직 모른다는 대답에 "그럼, 라인 강을 점령하려면 아직도 시간이 더 필요하겠군!" 하고 소리쳤다.

그 뒤로도 나는 귀신에 홀린 듯 그와 계속 마주쳤다. 이 괴팍한 인물은 대로변이나 길모퉁이, 벤치, 테이블 위 할 것 없이 어디서든 나타나 북소리가 울리고 국기가 펄럭이는 가운데 '라 마르세예즈'를 부르며 출정하는 군인들에게 담배를 나누어 주고 야전 의무 부대에게 박수갈채를 보내며 시뻘게진 얼굴로 군중을 압도하고 있었다. 그가 너무나 시끄럽고 요란하게 소란을 피우는 바람에 60만이나 되는 파리의 시민들이 모두 쇼뱅처럼 보이기까지 했다. 이 끔찍한 모습들에서 벗어나기 위해서는 문이며 창문들을 모두 닫아걸고 자기 집에 처박히는 수밖에 없었다.

하지만 비상부르 전투, 포르바흐 전투 등 연속된 불행들이 끝없이 이어지던 팔월, 그 열병이 짓누르는 악몽 같던 날들에 어떻게 집 안에만 틀어박혀 있을 수 있겠는가? 밤새 가스등 밑에서 초조하게 게시판과 전쟁 소식을 찾아다니는 불안한 사람들 사이에 끼지 않고 어떻게 견뎌낼 수 있겠는가? 이런 밤들에도 나는 쇼뱅을 만났다. 그는 대로를 오가며 여기저기 말없이 무리지어 있는 군중들 한가운데서 승리를 확신하는 희망에 찬 어조로 "비스마르크의 흉갑 기병을 단 한 놈도 남김없이 전멸시켜 버렸다!"는 얘기를 수십 번이나 되풀이하고 있었다.

그런데 참 이상한 일이었다! 이제 쇼뱅이 그렇게 우스워 보이지 않는 것이었다. 그가 한 말은 단 한마디도 믿지 않았지만, 그와는 상관없이 그의 말이 내게 기쁨을 주었다. 맹목과 광기 어린 교만 그리고 무지에 둘러싸여 있었지만, 이 괴팍스런 인물에게는 사람의 가슴을 뜨겁게 만드는 생동감과 끈끈한 힘이 있었다.

몇 달 동안 지속된 포위전으로 개나 먹을 빵과 말고기로 버텨야 했던 그 끔찍한 겨울에는 특히 이런 불꽃이 꼭 필요했다. 그 시절의 파리 사람들이라면 누구나 말할 것이다. "쇼뱅이 없었다면 파리는 일주일도 버티지 못했을 거야."

포위전이 시작되었을 때, 트로쉬는 이렇게 말했었다.

"프러시아 군인들은 그들이 원하면 언제든 들어올 것이다."

하지만 쇼뱅은 말했다. "그들은 절대 들어오지 못한다."

쇼뱅에게는 신념이 있었지만 트로쉬에게는 없었다. 쇼뱅은 무엇이든 믿었다. 공표된 계획들을 믿었고, 바젠을 믿었고, 프랑스군의 반격도 믿었다. 그는 매일 밤 에탕프 쪽 샹지 장군 부대의 대포 소리를 들었고 앙갱 후방 페데르브 장군의 보병들이 쏘는 총소리도 들었다. 이상한 것은 그 소리들이 우리에게도 들린다는 것이었다. 그러니까, 이 바보 같은 영웅의 영혼이 우리에게까지 침투한 것이었다.

멋진 쇼뱅!

잔뜩 눈구름을 머금고 누렇게 내려앉은 하늘에서 작은 비둘기의 흰 날개를 가장 먼저 발견한 것은 언제나 그였다. 시청 문 앞에서 쩌렁쩌렁한 목소리로 강베타의 허풍스런 연설을 전달해 준 사람도 바로 쇼뱅이었다. 십이월의 혹한 속에서, 사람들이 푸줏간 앞에서 덜덜 떨며 긴 줄을 서 있을 때 선량한 쇼뱅은 그들과 함께 줄을 서 주었다. 쇼뱅 덕분에 굶주렸던 사람들은 웃고 노래하고 눈 속에서 함께 춤도 출 수 있었다.

"르, 롱, 라, 물러서라, 프러시아 병사들이 로렌으로 지나가게."
쇼뱅이 박자에 맞춰 선창하면 털모자 속의 창백하고 불쌍한 얼굴들에 잠시나마 생기가 돌았다.

어느 날 저녁, 드루오 거리 앞을 지나던 나는 한 무리의 군중들이 근심 어린 표정으로 시청 주변으로 조용히 모여드는 모습을 보았다. 자동차도 불빛도 없는 드넓은 파리 시가에서 쇼뱅의 쓸쓸하고도 엄숙한 목소리가 들려왔다.

"우리가 몽트르투 고지를 점령할 것이다."

그리고 일주일 뒤, 파리는 함락되었다.

이때부터 쇼뱅은 아주 가끔만 모습을 드러냈다. 나도 두세 번 정도 큰길에 서서 커다란 몸짓으로 반격을 외치는 그를 보았을 뿐이다. 그는 여전히 'r' 발음을 굴려가며 외쳤지만 더 이상 아무도 그의 이야기에 귀를 기울이지 않았다. 파리의 젊은 멋쟁이들은 자신들의 즐거움을 찾아다녔고 파리의 노동자들은 자신들의 분노에 빠져 있었다. 가엾은 쇼뱅이 아무리 팔을 크게 휘둘러도 군중들이 모이기는커녕 이제 그가 다가가면 모두 흩어져 버렸다.

"성가신 놈이 또 나타났군." 이렇게 말하는 사람도 있었고, 그를

'첩자'라고 부르는 사람도 생겼다.

그리고 시민 봉기의 나날들이 이어졌다. 그리고 파리는 붉은 깃발, 코뮌, 폭도들의 수중에 들어갔다. 의심을 받게 된 쇼뱅은 집 밖으로 나갈 수 없었다. 그러나 그 잊을 수 없는 '치욕의 날'에, 그는 틀림없이 방돔 광장 한구석에 있었을 것이다. 그는 분명 군중들 가운데 있었고 폭도들은 보이지도 않는 그를 향해 심한 욕설을 퍼부었다.

"어이, 거기 쇼뱅!"

기둥이 무너질 때, 사령부 창가에서 샴페인을 마시고 있던 프러시아 장교들은 이렇게 비웃으며 잔을 들었다. "하, 하, 하, 쇼오팽 선생~"

5월 23일까지 쇼뱅의 생사는 아무도 알 수 없었다. 지하실에서 몸을 웅크리고 있던 이 가엾은 사내는 프랑스군의 포탄이 파리의 지붕 위를 날아다니는 소리를 들으며 절망하고 있었다. 그리고 마침내 어느 날, 그는 포탄의 위협을 무릅쓰고 밖으로 나왔다. 인적 없는 거리는 더 넓어 보였다. 한쪽에는 바리케이드가 대포와 붉은 기를 거느린 채 위협적인 모습을 드러내며 서 있었고 다른 한쪽에는 키 작은 뱅센 병사 둘이 벽에 붙어 몸을 숙인 채 총을 겨누며 전진하고 있었다. 베르사유 군대가 파리로 입성한 것이다.

쇼뱅의 가슴은 뛰었다. "프랑스 만세!" 그가 외치며 병사들 앞으로 뛰어들었다. 하지만 그의 목소리는 두 발의 총성 속에서 사라졌다. 치명적인 오해로 이 불운의 사나이는 양쪽 모두로부터 증오의 표적이 된 것이다. 포석이 깔리지 않은 길 한가운데 그가 쓰러져 뒹굴었다. 이틀 동안이나 그는 팔을 늘어뜨린 채 온기를 잃어버린 얼굴로 방치되었다.

내전의 희생자인 쇼뱅은 이렇게 죽었다. 그는 진정한 마지막 프랑스인이었다.

8번 막사의 콘서트

마레 지구와 생-앙투안에 있는 모든 대대들은 그날 밤 도메스닐 가의 막사에서 야영을 했다. 사흘 전부터 뒤크로의 부대가 샹피니 언덕에서 전투를 벌이고 있었는데 외곽에서 야영이나 하자니 마치 잉여 병력 같다는 생각이 들었다.

공장의 굴뚝과 닫힌 기차역과 황량한 작업장들에 둘러싸인 도시 외곽의 도로 위에서 동네 와인 가게들에서 새어 나오는 우울한 불빛에만 의지한 채 야영을 하는 것처럼 슬픈 일도 없을 것이다. 또한 혹독한 십이월, 폭격 맞은 언 땅 위에 널빤지를 이어 만든 막사만큼이나 춥고 음산한 곳도 없을 것이다. 창문들은 이가 맞지 않아 자꾸만 열렸고, 캉케식 등잔불은 바람 앞의 호롱불처럼 흔들리며 연기를 내뿜어 주위를 흐리게 만들었다. 우리는 책을 읽을 수도, 잠을 잘 수도, 앉아 있을 수도 없었다. 추위를 잊기 위해서는 어린아이들이 노는 것처럼 발을 구르거나 막사 주위를 뛰어다니기라도 해야 했다. 하지만 전쟁터 바로 옆에서 이런 놀이를 한다는 것이 참으로 한심해 보였다. 특히나 그날 저녁은 왠지 더 부끄럽고 짜증스러운 느낌이 들었다. 대포 소리는 멈추었지만 저 위에서는 무서운 격전이 준비되고 있었다. 이따금 서치라이트 불빛이 파리 쪽을 비출 때면 빛의 움직임을 따라 길가에 조용히 모여 있는 병사들과 어두운 거리를 가득 메우고 걸어가는 병사들의 모습이 보였다. 그들의 모습은 트론 광장의 높은 기둥과 비교되어 땅에 납작하게 붙어 기어 다니는 난쟁이들 같았다.

나 또한 꽁꽁 얼어붙은 몸으로 밤새 큰길을 헤매고 다녔다. 그때 누군가 말했다.

"8번 막사에 가 봐…… 콘서트가 열린대!"

나는 그쪽으로 발길을 돌렸다. 부대의 여러 막사들 중 8번 막사는 좀 더 밝았고 사람들로 꽉 들어차 있었다. 총대 끝에 꽂은 초가 검은 연기를 내며 밤새 선 채로 밤을 새우느라 지치고 초췌해진 병사들의 창백한 얼굴들을 비추었다. 한쪽 구석, 빈 병들과 뿌연 술잔들이 쌓인 작은 탁자 앞의 긴 의자 위에는 식당 아주머니가 몸을 둥글게 말고 입을 벌린 채 잠들어 있었다.

사람들이 노래를 불렀다. 아마추어 출연자들은 역할에 따라 홀 한구석에 준비된 무대 위에 차례로 올라 포즈를 취하고 노래를 불렀다. 어떤 이는 멜로드라마에서처럼 담요를 두르고 나오기도 했다. 아이들이 노는 소리로 떠들썩한 노동자들 동네나 시끄러운 술집, 아니면 공중에 매달린 새장에서나 들을 수 있는 과장되고 우스꽝스러운 목소리가 울려 나왔다. 이런 소리는 망치나 대패 같은 연장 소리와 섞여 들릴 때는 꽤나 정겨웠지만 지금의 상황에서는 우스꽝스럽고 딱하기까지 했다.

처음 무대에 오른 사람은 노동자 출신의 사상가였는데, 수염을 길게 기른 기계공 출신의 이 병사는 프롤레타리아의 고통을 담은 노래를 불렀다.

"불쌍한 프롤레타리아…… 아……. 아……." 그의 목청 깊숙한 곳에서 분노를 담은 장엄한 '인터내셔널가'가 울려 나왔다. 다음엔 반쯤은 졸고 있는 듯한 병사 하나가 무대 위로 올라왔다. 그는 '협잡꾼'이라는 아주 유명한 노래를 너무나 지루하고 느리고 애처롭게 불렀다. 마치 자장가를 듣는 것 같았다……. 하지만 분명 그 노래는 '협잡꾼'이 틀림없었다. 그가 노래를 부르는 동안, 구석 자리에서 불빛을 등지고 계속 투덜대며 잠을 청하던 사람들의 코고는 소리가 다시 들려왔다.

갑자기 하얀 섬광이 판자들 사이로 새어 들어왔다. 순간 빨간 촛불이 파란 빛을 띠었고 동시에 둔탁한 포성이 막사를 흔들었다. 이후 멀리 샹비니 계곡 쪽에서 희미한 포성이 계속 이어졌다. 전투가 다시 시작된 것이다.

하지만 아마추어 출연자들에게 이미 전쟁 따위는 안중에도 없었다!

무대를 밝힌 네 개의 촛불들이 이 관객들의 알 수 없는 연극 욕구를 일깨우는 모양이었다. 노래 한 곡이 끝나기 무섭게 노래를 가로채 다음 곡으로 넘어가는 모습은 실로 가관이었다. 이제 아무도 추워하지 않았다. 무대에 오르는 사람도, 무대에서 내려오는 사람도, 목구멍까지 올라오는 노래를 참으며 자기 차례를 기다리는 사람도, 모두 열기에 젖어 땀을 흘리고 눈을 반짝였다. 죽음 앞의 공허가 그들을 뜨겁게 달궈 주고 있었다.

그 지역에서는 유명 인사로 통하는 양탄자 제조공 시인이 나서서 자신이 직접 만든 '에고이스트'라는 노래를 부르겠다고 했다. '에고이스트(이기주의자)'라는 제목의 이 노래에는 '샤캥 푸르 수아(각자 자신을 위해)'라는 후렴구가 들어가는데 그만 잘못 발음해서 "에고이프트, 파캥 푸르 푸아(각자의 신앙을 위해)"라고 부르고 말았다. 이 노래는 전쟁에 나가기보다는 집 안의 난로 앞에 머무르기 좋아하는 배 나온 부르주아들을 풍자한 노래였다. 나는 군모를 비스듬히 쓰고 모자 끈을 턱에 맨, 이 머리 좋은 풍자 시인을 언제까지나 기억할 것이다. 조롱기 가득한 표정으로 '파캥 푸르 푸아, 파캥 푸르 푸아' 하는 후렴구를 우리를 향해 쏘아대던 그의 모습을……

그 동안에도 대포 소리는 계속 들려왔고 그 무거운 저음에 섞여

국방부 직할 부대 및 기관총 소리까지 들려왔다. 그 소리는 눈 속에서 추위에 죽어 가는 부상병들, 꽁꽁 언 피바다 속에서 들리는 단말마의 비명 소리, 퍼붓는 포탄 속에서 어둠을 타고 다가오는 죽음의 검은 그림자를 말해 주고 있었다······.

그러나 8번 막사의 콘서트는 멈추지 않고 계속되었다.

이제 콘서트에서는 상스러운 농지거리가 오가기 시작했다. 눈이 충혈되고 코가 빨간 우스꽝스러운 늙은이 하나가 관객들의 박수갈채를 받으며 무대 위에서 몸을 비틀었다. 관객들은 발을 구르며 앙코르를 외쳤다. 남자들만의 외설스런 농담에 큰 웃음이 터졌고 모두의 얼굴이 밝아졌다. 이때 식당 아주머니가 잠에서 깨어났고 관객들 사이에 끼어 남자들의 탐욕스런 눈길을 받으며 몸을 배배 꼬며 웃어댔다. 무대 위의 늙은이는 쉰 목소리로 '술 취하신 하나님······'을 노래하기 시작했다.

나는 더 이상 참지 못하고 밖으로 나왔다. 마침 내가 보초를 설 차례이기도 했지만 그보다는 트인 공간과 시원한 공기가 필요했다. 나는 센 강까지 꽤 오랜 시간을 걸었다. 강물은 검었고 강가에는 인적이 없었다. 가스등이 모두 꺼져 캄캄해진 파리는 포화에 둘러싸인 채 잠들어 있었다. 사방에서 포탄의 섬광이 번쩍이고 언덕 여기저기에서 불길이 타오르고 있었다. 바로 그때, 내 옆에서 낮고도 다급한 목소리가 차가운 공기를 뚫고 들려왔다. 숨을 헐떡이며 서로를 격려하는 소리였다.

"자! 끌어올려!"

그러다가 한꺼번에 온 힘을 모으려는 듯 소리가 갑자기 멈춰 버렸다. 강가로 다가가서 보니 희미한 불빛 속에서 베르시 다리에 걸려 멈춰 있던 포함(砲艦)을 어두운 물살 속에서 끌어내고 있었다. 물살을 따라 흔들리는 등불과 해군들이 쇠사슬을 끌어당길 때 들리는 삐걱거리는 소리는 물살과 어둠에 맞서 벌이는 일진일퇴의 공방전이 결코 녹록치 않음을 보여 주고 있었다.

꼬마 함포 또한 일이 지체되면서 무척이나 초조했던 모양이다! 성이 난 듯 바퀴가 강물을 쳐대며 물거품을 일으켰다. 천신만고 끝에 포함이 움직이기 시작했다. 병사들이여, 힘을 내게나! 포함은 일단 빠져나오자 안개 속을 뚫고 곧바로 전진해 갔다. "프랑스 만세!" 소리가 다리 아래서 메아리치는 가운데, 자신을 부르는 전쟁터를 향해……

아! 8번 막사의 콘서트는 멀리서 아직도 계속되고 있었다!

페르라셰즈 전투

묘지 관리인은 웃으며 말하기 시작했다.

이곳에서 전투가 있었다고요? 전투 같은 건 전혀 없었습니다. 신문에서 꾸며 낸 이야기지요. 말하자면 이렇게 된 겁니다. 22일 저녁, 그때가 일요일이었지요. 서른 명 정도의 코뮌군 포병들이 대포 일곱 문과 신식 기관총 한 자루를 가지고 오는 게 보였습니다. 그리고는 묘지 맨 위에 자리를 잡았지요. 마침 그곳이 내 감시 구역이어서 내가 그들을 맞이했습니다. 기관총은 길모퉁이에 있는 내 막사 바로 옆에 놓아두었고 대포는 조금 아래쪽 평지에 두었지요. 그들은 도착하면서 내게 묘지 문을 몇 개 열라고 했습니다. 나는 그들이 저 안의 것들을 모두 부수거나 약탈해 가려나 보다 생각했지요. 그런데 그들의 지휘관이 질서를 잡으며 부하들 가운데 나서서 이렇게 짧은 연설을 했습니다.

"무엇에든 손을 대는 녀석이 있으면 주둥이에 총알을 먹여 주 겠다. 각자 자리로!"

그는 백발노인이었는데, 크리미아 전쟁과 이탈리아 전쟁에서 훈장을 받은 공적에 걸맞게, 만만치 않은 인상이었습니다. 그의 부하들은 그의 명령에 따라 정말 아무것도 손대지 않았지요. 더 불어 2천 프랑 가까이 되는 모르니 백작의 십자가에도 손조차도 대지 않았다는 걸 말씀드리고 싶군요.

하지만 코뮌군 포병대는 악당들의 집단이었지요. 30프랑 50수 의 높은 일당을 받으면서도 늘 불평밖에 할 줄 몰랐습니다. 그들 이 묘지에서 어떻게 생활했는지 보셨어야 했습니다! 그들은 모 르니 가(家)나 황제의 유모가 잠들어 있는 그 아름다운 파브롱 가 (家)의 묘지 안에 우르르 들어가 잠을 자곤 했지요. 또 우물이 있 는 샹포 가(家)의 무덤 안에서는 포도주를 냉동시켜 먹고 여자들 을 불러들이기까지 했답니다. 그러면서 밤새 마시고 흥청망청 놀 아 댔지요. 아! 여기 묻힌 시체들이 그 괴상한 소리들을 다 들었을 겁니다.

게다가 이 악당들은 파리의 왕궁 쪽으로도 계속 장난질을 해 댔습니다. 자리 잡은 위치가 무척 좋았던 것이죠. 가끔씩 명령이 내려왔습니다.

"루브르를 향해 발사! 팔레 루아얄을 향해 발사!"

그러면 그 늙은 지휘관이 대포를 조준했고 포탄은 파리 시내를 향해 날아갔습니다.

하지만 그쪽에서 무슨 일이 일어나는지는 우리들 중 아무도 정확히 알지 못했습니다. 우리 쪽으로 총소리가 점점 다가오는 소리가 들렸습니다. 하지만 코뮌군은 걱정하지 않았지요. 쇼몽과 몽마르트, 페르라셰즈에서 포를 조준하고 있는 상태에서 베르사유군이 전진해 오진 못할 거라고 생각한 모양입니다. 하지만 몽마르트 언덕을 점령한 정부군이 이곳을 향해 쏜 첫 번째 포탄이 그들의 환상을 깨뜨렸습니다.

"아니, 이게 무슨 일이야!"

나도 그들과 함께 모르니 가의 무덤 앞에 기대앉아 담배를 피우고 있었지요. 나는 포탄이 날아오는 소리를 듣고 겨우 땅에 엎드렸습니다. 처음에 포병들은 잘못 발사되었거나 자기들 동료가 술에 취해 실수를 한 거라고 생각했지요…… 하지만 천만의 말씀! 오 분 후에 다시 몽마르트 쪽에서 불빛이 번쩍 하더니 포탄이 처음처럼 우리 쪽으로 정확히 날아온 겁니다. 그러자 놈들은 당장 대포와 기관총들을 버려두고 도망치기 시작했지요. 묘지는 그들이 다 숨을 만큼 넓지 못했거든요. 그들은 소리쳤습니다.

"배신이다! 배신이야!"

쏟아지는 포탄 속에서 늙은 지휘관만 포대에 남았습니다. 그는 포병들이 자기만 두고 달아난 것에 울분을 토로했지요.

그런데 저녁이 되어 급료를 받을 시간이 되자 포병들 몇이 돌아왔습니다. 선생, 저기 내 막사 위쪽이 보이시지요? 저기에 적힌 것이 그날 저녁 급료를 받으러 온 사람들 명단입니다. 늙은 지휘관이 이름을 부르며 차례로 적어 놓은 것이지요.

"시덴, 출석. 슈다라, 출석. 빌로, 볼롱……"

보시다시피 네다섯 명이 전부입니다. 자기 아내들까지 데리고 왔지요. 아! 그날 저녁 급료를 받던 모습은 결코 잊지 못할 겁니다. 저 아래 파리 시내는 불타고 있었지요. 시청이며 병기창, 식량 창고들까지 다 타고 있었습니다. 이곳 페르라셰즈에서는 모든 것들이 대낮처럼 훤히 보였습니다. 코뮌군들은 다시 대포를 조준하려 했지만 사람도 모자랐고 무엇보다도 몽마르트에서의 공격에 겁이 났던 모양입니다. 그들은 다시 무덤 안으로 들어가 자기 아내들과 술을 마시고 노래를 하며 놀기 시작했습니다. 늙은 지휘관은 파브론 가 묘지 문 앞에 있는 두 개의 커다란 석상 사이에 앉아 굳은 표정으로 불타는 파리 시내를 바라보고 있었습니다. 그것이 자신의 마지막 밤이 될 거라 생각하는 것 같았습니다.

그다음엔 어떻게 되었는지 저도 잘 모르겠습니다. 나는 저 아래 나뭇가지들 뒤에 가려진 작은 막사로 돌아갔으니까요. 무척 피곤했습니다. 너무 피곤해 옷을 그대로 입은 채 폭풍이 몰아치는 밤처럼 램프 불을 켠 채 침대에 쓰러졌지요…… 그런데 갑자기 누군가 문을 세차게 두드리는 소리가 들렸습니다. 제 아내가 떨면서 문을 열어 주었지요. 우리는 코뮌군일 거라고 생각했는데, 뜻밖에도 해군이었습니다. 함장과 몇몇 중위들과 군의관 한명이 있었습니다. 그들이 내게 말했습니다.

"일어나서 우리에게 커피 좀 끓여 주시오."

저는 일어나 커피를 끓여 주었습니다. 묘지 안에서는 시신들이 최후의 심판을 받기 위해 모두 일어난 듯 웅성거리는 소리가 들렸습니다. 장교들은 선 채로 급히 커피를 마신 뒤 나를 데리고 밖으로 나갔습니다.

밖에는 해군 병사들로 가득했습니다. 한 분대가 나를 앞세워 무덤을 하나하나 뒤지며 샅샅이 수색했습니다. 병사들은 나뭇잎만 바스락거려도 길이나 철책 쪽을 향해 총을 쏘아 댔습니다. 여기저기 무덤 구석에 숨어 있던 불쌍한 병사들이 끌려 나왔습니다. 그들의 처리 방법은 간단했습니다. 코뮌군 포병들도 마찬가지였지요. 훈장을 단 늙은 지휘관을 비롯해 남녀 할 것 없이 그들의 시체가 내 막사 앞에 겹겹이 쌓였습니다. 새벽의 찬 공기 속에서 그런 광경을 본다는 건 끔찍한 일입니다. 휴…… 하지만 그보다 나를 놀라게 한 것은 로케트 감옥에서 하룻밤을 보내고 끌려오는 코뮌군의 긴 행렬이었습니다. 그들은 마치 장례 행렬처럼 큰길을 따라 천천히 올라갔습니다. 말 한마디 탄식 소리 하나 들리지 않았지요. 가엾게도 그들은 너무 지쳐 있었던 겁니다! 그들 중에는 걸으면서 잠을 자는 이도 있었지요. 죽으러 간다는 생각도 이들을 깨울 수는 없었나 봅니다. 묘지 깊숙한 곳을 지나자 총살이 시작되었습니다. 모두 백사십칠 명이나 되었습니다. 그러니 얼마나 긴 시간 동안 총살이 진행되었을지 생각해 보세요. 이 사건을 두고 사람들이 페르라셰즈 전투라고 부르는 겁니다.

여기까지 이야기하다가 불쌍한 묘지 관리인은 상사가 오는 것을 보고 황급히 자리를 떴다. 홀로 남은 나는 불타는 파리의 불빛을 받으며 막사 벽에 써 넣은 마지막 급료 수령자들의 명단을 바라보았다. 그와 함께 포탄이 날아다니고 피와 불꽃으로 붉게 물들었던 오월의 그날 밤을 떠올렸다. 축제가 벌어지는 마을처럼 빛으로 환했을 인적 없는 묘지. 네거리 한가운데 버려진 대포들. 활짝 열린 무덤들. 무덤 안에서의 향연. 포탄의 섬광이 번쩍일 때마다 어질러진 돔 안에서 모습을 드러냈을 돌기둥들. 커다란 눈으로 이 모든 것을 지켜보았을 발자크의 흉상까지.

조그만 파이

1

    일요일이었던 그날 아침, 튀렌 거리에 있는 제과점 주인 슈로는 점원을 불러 이렇게 말했다.

"보니카 씨가 주문한 파이다. 이것들을 갖다 드리고 얼른 돌아오너라. 소문에 베르사유 군대가 파리에 들어왔다는구나."

    정치 문제에는 전혀 관심이 없던 어린 점원은 따끈한 파이를 접시에 담고 다시 흰 보자기로 싼 뒤 기울어지지 않도록 모자 위에 얹었다. 그리고 보니카 씨가 사는 생루이로 서둘러 출발했다. 화창한 아침나절, 오월의 찬란한 햇빛 아래 라일락과 벚꽃이 만발했다. 멀리서 총소리가 들려오고 길모퉁이에서 나팔 소리가 울렸지만 오래된 마레 지구 마을은 평소처럼 평화로워 공기마저 일요일의 분위기를 풍겼다. 아이들은 마당을 돌며 뛰놀고 소녀들은 배드민턴을 치고 있었다. 전쟁이 일어난 날 아침 흰 제복을 입고 따뜻한 파이 냄새를 풍기며 인적 없는 길 한가운데를 빠르게 지나는 점원의 옆모습은 마치 나들이라도 가는 듯 밝았다. 분위기가 활기차기는 리볼리 거리도 마찬가지였다. 사람들이 대포들을 길가로 옮겨 놓고 바리케이드를 설치하고 있었다. 가는 곳마다 코뮌군이 무리를 지어 움직이고 있었다. 하지만 제과점 점원은 한눈을 팔지 않았다. 파이 배달 소년들은 누구나 혼잡한 거리를 걷는 데 익숙했기 때문이다! 축제나 행렬이 있는 날이나 인파로 붐비는 설날 또는 사순절이 낀 일요일 같은 날이면 더 바삐 뛰어다녀야 했다. 그러니 혁명 따위는 소년에게 전혀 놀라운 일이 아니었다.

하얀 삼각 모자를 쓴 소년이 때로는 재빠르게 때로는 일부러 발걸음을 늦추며 군모와 총검 사이를 헤치고 나아가는 모습은 꽤나 흥미 있는 구경거리였다. 아이에게 전쟁 따위가 무슨 의미가 있으랴! 소년에게 가장 중요한 건 열두 시 종이 치기 전 보니카 씨 댁에 도착해 응접실 테이블 위에 놓아둔 팁을 재빨리 가져오는 일이었다.

그런데 갑자기 엄청난 군중이 밀려들었다. 공화정의 고아들이 노래를 부르며 행진하고 있었다. 열두 살에서 열다섯 살 사이 정도로 보이는 아이었다. 소총을 메고 붉은색 허리띠에 긴 장화를 신은 모습들이 조금은 우스꽝스러웠지만 아이들에겐 군인 흉내를 내는 일이 사순절 날 종이 모자에 분홍색 누더기 양산을 쓰고 진흙탕 길을 뛰어다니는 것만큼이나 즐거운 놀이였다. 이번만큼은 제과점 소년도 몸을 추스르며 군중 사이를 헤쳐 가기가 만만치 않았다. 파이 접시와 함께 수없이 미끄러지고 걸려 넘어질 뻔했지만 소년은 결국 무사히 길을 갈 수 있었다. 하지만 안타깝게도, 노래를 부르며 요란하게 행진하는 아이들에 대한 부러움과 호기심이 제과점 소년을 이 멋진 무리 끝에 끼어 가고 싶다는 생각으로 인도했다. 어느새 소년은 시청과 생 루이 섬으로 가는 다리를 지났고 먼지와 바람을 가르며 어딘지 모르는 곳을 향해 한없이 전진하고 있었다.

2

한 이십오 년 전부터 보니카 씨 집에서는 일요일마다 조그만 파이를 먹는 것이 관례가 되어 있었다. 아이 어른 할 것 없이 온 가족이 거실에 모여 있다가 열두 시 정각 경쾌하고 맑은 초인종 소리가 울리면 그들은 모두 외쳤다.

"아! 제과점이다."

이어서 의자 끄는 소리, 옷 입는 소리, 아이들 웃음소리와 함께 이 행복한 부르주아 가족은 따뜻한 은 쟁반 위에 조그만 파이가 정갈하게 놓인 식탁에 둘러앉는 것이다.

하지만 그날은 초인종이 울리지 않았다. 화가 난 보니카 씨는 왜가리 박제로 장식된 괘종시계를 바라보았다. 한 번도 빠르거나 늦은 적이 없는 시계였다. 아이들은 여느 때처럼 열린 창문을 통해 제과점 소년이 돌아서는 모퉁이를 하염없이 바라보고 있었다. 이제는 잡담도 지겨워졌고 시계가 열두 번을 치고 나자 배는 더 고파졌다. 꽃무늬 식탁보 위에는 윤이 나는 은 식기와 빳빳하게 다려 원뿔 모양으로 접은 흰 냅킨이 놓여 있었지만 그날따라 식당은 더 넓고 쓸쓸해 보였다.

늙은 가정부는 몇 번이나 다가와 주인의 귓가에 속삭였다. 고기가 타겠어요…… 완두콩이 너무 익어버렸어요…… 하지만 보니카 씨는 조그만 파이가 올 때까지는 식탁에 앉지 않겠다고 고집을 부렸다. 그리고 화가 머리끝까지 나서 제과점 주인 슈로에게 파이가 늦는 이유를 직접 따지러 가기로 했다. 그가 지팡이를 휘두르며 집을 나서는 광경을 본 이웃들이 그에게 말을 걸었다.

"조심하세요, 보니카 씨! 베르사유 군이 파리로 들어왔대요."

하지만 그에겐 뇌이에서 들려오는 총소리도, 사방 유리창을 흔들어대는 시청의 대포 소리도 들리지 않았다.

"슈로, 이놈…… 이 나쁜 놈!"

격분하여 달려가는 그의 머릿속에는 벌써 제과점으로 들어가 가게 유리창과 접시들이 바르르 떨리도록 지팡이로 바닥을 내리치며 그들을 혼내 주는 모습이 그려지고 있었다. 그런데 루이-필리프 다리에 놓인 바리케이드는 그의 분노를 산산조각 내버렸다. 그곳에는 사나운 인상의 몇몇 코뮌 병사들이 포장도 되지 않은 땅에 누워 햇볕을 쬐고 있었다.

"동무, 어디 가시오?"

그가 자초지종을 설명했다. 하지만 파이 이야기는 보니카 씨의 정장 프록코트 차림과 금테 안경만큼이나 이 늙은 반동 부르주아 사내를 의심하게 만들었다.

"스파이일지도 몰라. 이자를 리고에게 보내야겠어." 코뮌 병사들이 말했다.

마침 바리케이드를 지키는 데 싫증이 났던 네 명의 병사들이 선심을 쓰는 듯 일어나 이 불쌍한 남자를 총대로 밀며 앞장세웠다.

그런데 약 삼십 분쯤 뒤, 어찌된 일인지 이들은 모두 정부군에 잡혀 베르사유로 압송되는 포로들의 긴 행렬에 끼어 있었다. 더욱 흥분한 보니카 씨가 지팡이를 휘둘러대며 백 번도 더 자초지종을 설명했지만 이 엄청난 혼란 속에서 작은 파이 이야기는 너무나 엉뚱하고 터무니없어 오히려 장교들의 비웃음을 샀을 뿐이다.

"알았소, 알았소, 선생…… 베르사유에 가서 얘기합시다."

포로의 행렬은 감시병들과 함께 아직 화약 연기가 뿌옇게 덮인 샹젤리제 거리를 향하고 있었다.

3

포로들은 다섯 명이 한 조가 되어 걸어갔다. 대열이 흩어지는 것을 막기 위해 서로 팔짱을 끼고 있었다. 긴 행렬의 무리들이 먼지 속에서 내는 발자국 소리가 마치 소나기 내리는 소리처럼 들렸다.

불쌍한 보니카 씨는 꿈을 꾸고 있는 것 같았다. 두려움과 피곤함으로 정신이 멍해진 그는 흐르는 땀 속에서 숨을 헐떡이며, 석유 냄새와 술 냄새를 풍기는 두 늙은이들 사이에 끼어 걸어가고 있었다. "제과점 주인, 작은 파이." 하며 이러쿵저러쿵 주절거리는 그의 말에 사람들은 그가 미쳤다고 생각했다.

이 불쌍한 남자는 이미 제정신이 아니었다. 그런데 길을 오르내리느라 대열이 조금 느슨해진 틈을 타 저 아래쪽 거리를 메운 먼지가 걷힌 사이로 슈로네 점원이 입은 흰 가운과 삼각 모자가 보이는 게 아닌가! 하얀 가운의 어린 점원은 그를 놀리기라도 하는 듯, 군복들과 셔츠들 그리고 누더기들 사이에서 보였다가 사라졌다가를 반복했다.

마침내 날이 저물고 이들은 베르사유에 도착했다. 군중들은 옷

차림이 흐트러지고 먼지투성이에 멍한 채 안경을 쓴 이 늙은 부르주아를 보자 그를 반란군의 우두머리쯤으로 생각하고 이렇게 말했다.

"저 사람이 펠릭스 피아야…… 아니야, 들레클뤼즈야!"

호위병들은 그를 오랑주리 공원까지 무사히 데리고 오는데 많은 애를 먹었다. 불쌍한 무리는 그곳에서 흩어져서 잠시 땅에 눕거나 숨을 돌릴 수 있었다. 그들 중엔 잠을 자는 사람도 있었고 욕을 해 대거나 기침을 하거나 우는 사람도 있었다. 보니카 씨는 잠을 자지도 울지도 않았다. 계단 옆에 앉아서 거의 죽을 것 같은 배고픔과 창피함과 피곤함에 두 손으로 머리를 감싼 채 이 불행했던 하루를 머릿속에서 곱씹고 있었다. 집을 나선 일, 가족들의 걱정, 저녁까지 자신을 기다리며 차려져 있을 식탁, 모멸감, 욕설, 개머리판, 이 모든 것이 약속 시간을 어긴 그 제과점 주인 때문이었다.

"보니카 씨, 주문하신 파이 여기 있어요……" 갑자기 바로 곁에서 누군가 말하는 소리가 들렸다.

그는 고개를 들었다. 놀랍게도 거기엔 슈로네 가게의 어린 점원이 있었다. 공화정의 고아들 사이에 끼어 있던 소년이 그의 앞에 나타나 하얀 앞치마 속에 숨겨 두었던 파이 접시를 내밀었다. 비록 폭동에 휘말리고 포로가 되어 보기도 했지만 이렇게 해서 보니카 씨는 여느 일요일처럼 파이를 먹을 수 있었다.

프랑스 요정
-불가사의한 이야기

"피고, 일어나시오!" 재판장이 말했다.

방화를 저지른 여자들이 앉아 있던 흉한 의자에서 무언가 움직이는 듯싶더니, 희끄무레한 형체가 벌벌 떨며 재판석 난간에 기대섰다. 구멍 난 누더기 헝겊과 끈들, 낡은 꽃 장식과 깃털 장식의 더미 밑으로 검게 그을리고 갈라진 피부에 주름투성이인 초췌한 얼굴이 나타났다. 겁먹은 듯한 검은 두 눈이 낡은 벽 틈에 붙은 도마뱀처럼 재빠르게 주위를 살폈다.

"이름이 뭐지요?"

"멜뤼진입니다."

"뭐라고요?"

그러자 그녀가 엄숙한 목소리로 다시 말했다.

"멜뤼진입니다."

재판장은 용기병 대장을 연상케 하는 콧수염 아래로 살짝 미소를 흘리더니 눈썹 하나 찌푸리지 않고 질문을 계속했다.

"나이는?"

"모릅니다."

"직업은?"

"요정입니다."

그러자 방청객, 변호인, 정부 관료 할 것 없이 모두 폭소를 터뜨렸다. 하지만 그녀는 전혀 당황하지 않고 맑고도 조금은 떨리는 목소리로 말을 이었다. 그 목소리는 꿈을 꾸듯 공기 위로 떠올라 방청석을 떠다녔다.

"아! 프랑스의 요정들, 그들은 모두들 어디로 갔을까요! 모두 죽었습니다, 여러분. 제가 마지막 요정이죠. 나밖에 남지 않았어요…… 안타까운 일입니다. 사실, 요정들이 살아 있을 때 프랑스는 지금보다 훨씬 아름다웠죠. 정말 우리 요정들은 이 나라의 시인이자 신앙이었고 순수함과 젊음 그 자체였으니까요. 우리가 드나들었던 모든 곳들, 그러니까 가시덤불로 덮인 구석진 공원, 바위틈의 샘물, 낡은 성탑, 안개 덮인 연못, 거대한 늪지대 등 우리가 있던 모든 곳엔 뭔지 모를 신비감과 고상함이 있었지요. 사람들은 신비한 전설 속에서처럼 우리들이 달빛 아래 치맛자락을 끌며 이곳저곳을 배회하거나 풀을 밟고 초원을 뛰어다니는 모습을 보곤 했습니다. 농부들은 우리들을 숭배하고 사랑했지요.

진주로 장식한 이마와 지팡이, 그리고 마법의 씨아는 순진한 사람들의 머릿속에 요정에 대한 숭배에다 약간의 두려움까지 더해 주었지요. 우리들의 샘은 언제나 맑고 투명했습니다. 우리들이 지키고 있는 길 위에서 사람들은 쟁기질을 멈추었고 세상에서 가장 나이가 많은 우리들은 나이 든 모든 것을 존경했기에, 프랑스 끝에서 끝까지 숲이 퍼져 나가고 바위들이 스스로 무너져 내리도록 가만히 내버려 두었습니다.

하지만 세상이 변했지요. 철길이 등장한 겁니다. 사람들은 터널을 뚫고 연못을 메우고 나무들을 몽땅 베어 버려 우리들이 머물 곳이 사라질 지경이 되어 버렸지요. 농부들 또한 점점 우리들의 존재를 믿지 않게 되었습니다. 저녁이 되어 우리들이 창문을 두드리면 로뱅은 '바람이군.' 하며 다시 잠들어 버렸습니다. 여인들이 우리 연못에 빨래를 하러 오게 되면서 우리들은 더 이상 그곳에 살 수 없게 되었지요. 우리들은 사람들의 믿음이 있어야만 살 수 있기 때문에, 믿음이 없어지면 모든 걸 잃게 되는 겁니다. 우리 지팡이의 마법의 효험도 사라져 버려 여왕의 힘을 지녔던 우리들은 사람들의 기억에서 멀어진 주름투성이의 심술궂은 노인으로 전락하고 말았지요. 이제 우리는 손수 먹을 빵을 구해야 했습니다. 하지만 우리는 손으론 아무것도 할 줄 몰랐지요. 한동안 사람들은 우리가 숲 속에서 나무를 짊어지고 가거나 길가의 이삭을 줍는 모습을 볼 수 있었을 겁니다. 그런데 산지기들까지 우리에게 못되게 굴었습니다. 농부들은 우리에게 돌팔매질을 했지요. 그래서 우리는 고향에서 밀려난 빈민들처럼 도시로 나가 일자리를 구해야 했습니다.

그중에는 방적 공장에 들어간 요정들도 있었습니다. 다른 요정들은 겨울에 다리 한구석에 쪼그리고 앉아 사과를 팔거나 성당 문 앞에서 묵주를 팔기도 했답니다. 또 오렌지 수레를 밀거나 아무도 거들떠보지 않는 일 수짜리 꽃다발을 지나가는 행인에게 내밀기도 했지요.

아이들은 추위에 떠는 우리들의 턱을 보고 놀려댔습니다. 헌병들이 쫓아오기도 했고 그러다 마차에 치인 요정도 있었지요. 그렇게 많은 요정들이 병들고 굶주리다 구호병원에서 죽음을 맞이했습니다. 프랑스가 이 많은 요정들을 죽게 내버려 둔 것이지요. 그리고 이제 그에 대한 벌을 달게 받고 있는 겁니다!

그래, 좋아요, 여러분! 맘껏 웃으세요. 하지만 여러분도 이제 요정이 더 이상 살지 않는 나라가 어떻게 되는지 똑똑히 보았을 겁니다. 우리를 냉대하던 심술 사나운 농부들은 자기들 쌀독을 프러시아 군인들에게 열어 주었고 또 그들에게 길을 알려 주었지요. 그래요! 로뱅은 더 이상 마법을 믿지 않았습니다. 그리고 조국은 더더욱 믿지 않았지요.

아! 우리 요정들이 있었다면 프랑스를 침공한 프러시아 군인들은 한 명도 살아 돌아가지 못했을 겁니다. 우리 요정들의 마법의 방망이로 그들을 늪으로 이끌거나 우리의 이름을 붙인 샘물마다 마법의 음료를 섞어 그들을 모두 미치광이로 만들어 버렸을 테니까요. 그리고 우리가 달빛 아래 모여 마법의 주문을 외워 길과 강들을 뒤죽박죽 섞어 버리고 그들이 매복한 가시덤불 숲을 엉키게 해서 몰트케의 작은 고양이 같은 눈으로도 자신들이 어디에 있는지 절대 알 수 없도록 만들어 버릴 수도 있었습니다. 농부들도 우리와 함께 일하면서 우리 연못에 있는 커다란 꽃으로 상처를 치료하는 약을 만들고 거미줄을 엮어 거즈를 만들 수 있었을 겁니다. 전쟁터에서 죽어 가는 병사들은 반쯤 감긴 눈 사이로 그들의 고향 땅 숲이나 길 한 모퉁이라도 보여 주기 위해 몸을 굽힌 요정들의 모습을 볼 수 있었을 겁니다. 그러면 온 국민이 하나가 되어 신성한 전쟁을 치를 수 있었겠지요. 하지만 슬프게도, 더 이상 요정을 믿지 않고 요정이 없는 나라에서 그런 전쟁은 불가능한 것이지요!"

이 부분에서 그녀의 작고 가냘픈 목소리는 잠시 멈추었다. 그러자 재판장이 말했다.

"그런데 병사들에게 체포되었을 때, 당신이 가지고 있던 석유로 무얼 하려 했었는지 설명해 주시오."

"제가 파리에 불을 질렀습니다, 재판장님." 노파가 침착하게 대답했다.

"제가 파리에 불을 질렀습니다. 파리가 싫었거든요. 파리가 우리를 조롱하고 우리를 죽였기 때문이지요. 파리는 우리의 기적의 샘물을 분석한다며 학자들을 보내 철분과 유황의 함량을 조사하게 했습니다. 또 연극을 통해 우리 요정들을 조롱하기도 했지요. 그들은 우리의 마법을 속임수라고 했고 우리의 기적을 농담거리로 만들어 버렸습니다. 게다가 사람들은 흉측한 얼굴을 한 배우들이 달빛을 흉내 낸 조명 아래, 우리가 입는 분홍 옷을 입고 우리가 타는 날개 달린 마차를 타는 모습을 너무 많이 봐 왔습니다. 그래서 우리 요정들을 머릿속에 떠올리며 웃음을 터뜨리는 것이지요…… 아이들 중에는 우리 요정들의 이름을 다 외우고 우리를 좋아하면서도 조금은 무서워하는 아이들도 있지요. 하지만 파리는 우리 요정 이야기를 다룬 황금빛의 환상적이고도 아름다운 동화책 대신 아이들에게 과학책만 쥐어 주고 있어요. 지루함이 회색빛 먼지처럼 몰려들어 아이들의 눈에서 우리들의 마법의 성이나 마법의 거울을 지워 버리게 만드는 두꺼운 책들을 말입니다……. 오! 그래요, 저는 당신들의 파리가 불에 타는 것을 보고 너무 좋았습니다. 불을 지른 여자들의 통 속에 내가 석유를 나눠 주었지요. 그리고 그녀들을 불 지르기 좋은 장소로 안내했습니다. '자, 모두 태워 버려요, 모두 불태워요!' 외치면서 말이지요."

"이 여자는 정말 미친 게 분명하군. 저 여자를 데리고 나가시오!" 재판장이 말했다.

전초기지에서
-포위전의 추억

앞으로 펼쳐질 이 이야기는 전초기지를 누비며 그날그날 적어
놓은 메모다. 파리 포위가 한창이던 무렵 수첩에서 뜯어낸 종이
한 장에 적어 놓았다. 무릎 위에서 아무렇게나 갈겨쓴 데다 포탄
쪼가리처럼 갈기갈기 찢겨졌지만, 내용을 하나도 바꾸지 않았고
다시 읽어 보지도 않았다. 여기에 있는 그대로를 옮겨 적으려 한
다. 꾸미고 덧붙여 재미를 주려다 모든 것을 망쳐버릴까 두려웠
기 때문이다.

12월의 어느 아침, 라 쿠르뇌브에서

하얗게 얼어 소리가 크게 울리는 딱딱하고 울퉁불퉁한 백악질
의 들판. 얼어붙은 진흙 길 위를 보병 대대가 포병들과 섞여 행진

했다. 매우 느리고 침울한 행진이였다. 곧 전투가 개시될 참이었다. 총을 멘 병사들은 고개를 숙이고 마치 토시를 끼듯 두 손을 외투 속에 감춘 채 추위에 떨며 비틀비틀 걸었다. 때로 "정지!" 하고 외치는 소리가 들렸다.

말들이 놀라 울어 대고 군용 수송차가 흔들거렸다. 포병들은 안장 위에 올라 걱정스럽게 저 멀리 부르제의 거대한 흰 성벽을 살피고 있었다.

"놈들이 보이나?" 보병들이 발을 동동 구르며 물었다. 그리고 다시 전진! 잠시 멈춰 섰던 인파가 여전히 느리게, 그리고 조용히 전진했다.

지평선 근처, 오베르빌리에 요새의 돌출부 위로, 은색의 탁한 아침 해가 떠오르고 있었다. 차가운 하늘 아래 사령관과 참모들의 작은 무리가 일본 진주모 위에서처럼 모습을 드러냈다. 내 가까운 곳 길가에 커다란 날개의 검은 까마귀들이 대기하고 있었다. 까마귀들은 구급차 운전병들의 귀한 동반자들이다. 사령관과 참모들이 일어서서 외투 속에서 팔짱을 긴 채 포탄받이가 될 병사들의 행렬을 안쓰러운 듯 쓸쓸한 표정으로 바라보았다.

같은 날. 사람들이 모두 떠나 텅 비어 버린 마을, 집집마다 문들이 열려 있고, 지붕엔 구멍이 뚫리고, 차양 없는 창들은 죽은 자의 눈처럼 우리를 쳐다보고 있었다. 폐허 속에서 뭔가 움직이는 소리, 발자국 소리, 문 삐걱거리는 소리가 들렸다. 지나가려는데 퀭한 눈에 경계심을 가득 담고 누군가 문에서 나왔다. 집 안을 뒤지던 좀도둑이나 숨을 곳을 찾던 탈영병이리라.

정오 즈음에 한 농가 안으로 들어갔다. 집은 뒤집어서 털어 낸 듯 텅텅 비어 있었다. 아래층 공간은 문도 창문도 없는 부엌과 가축 사육장으로 통해 있었다. 마당 끝에 산울타리가 쳐져 있고 그 뒤로는 끝없이 펼쳐진 들판이 있었다.

마당 한쪽 구석에는 달팽이 모양의 작은 돌계단이 있었다. 나는 그 계단에 한참을 가만히 앉아 있었다. 태양과 주위의 적막, 모두가 좋았다. 지난 여름의 두세 마리 통통한 파리들이 햇빛을 받고 다시 살아나 천장 서까래 주위를 붕붕거리며 날아다녔다. 불땐 흔적이 보이는 벽난로 앞에는 뻘겋게 피로 얼어붙은 돌이 하나 있었다. 아직까지도 온기가 남아 있는 유해들과 구석의 피 묻은 의자는 참담했던 지난밤을 말해 주고 있었다.

마른 강을 따라

12월 3일, 몽트뢰유 성문으로 나왔다. 낮은 하늘, 찬바람, 안개.

몽트뢰유에는 아무도 살지 않았다. 문과 창문들은 모두 닫혀 있었다. 생울타리 너머로 거위 떼들이 꽥꽥거리는 소리가 들려왔다. 농민은 떠나지 않고 이곳에 숨어 있었다. 조금 떨어진 곳에 문을 연 술집이 하나 있었다. 술집은 난로가 타올라 따뜻했다. 지방 유

111

격대원 세 명이 거의 난로 위에 올라앉았다시피 하여 식사를 하고 있었다. 눈이 붓고 얼굴은 염증으로 벌겋게 타오른 불쌍한 병사들은 테이블 위에 팔꿈치를 괴고 졸면서 말없이 식사를 했다.

몽트뢰유를 떠나 숙영지의 푸른 연기로 뒤덮인 뱅센 숲을 지났다. 뒤크로 장군의 부대가 거기에 있었다. 병사들은 몸을 덥힐 나무를 베고 있었다. 뿌리가 뽑힌 사시나무와 자작나무, 어린 물푸레나무들이 가느다란 금빛 가지들을 바닥에 질질 끌며 실려 가는 모습은 정말 측은했다.

노장에는 아직까지 병사들이 남아 있었다. 커다란 외투를 입은 포병들과 사과처럼 볼이 통통하고 둥글둥글한 체격의 노르망디 유격대, 두건을 쓴 키 작고 민첩해 보이는 알제리 보병, 파란 손수건을 군모 속에 넣어 두 귀 밑으로 늘어뜨린 늙수그레한 최전방 부대 병사들까지…… 이리저리 거리를 거닐던 병사들은 문을 연 두 개의 식품점 앞으로 몰려가 서로 밀쳐대며 바글거리고 있었다. 마치 알제리의 작은 도시에 와 있는 느낌이었다.

마침내 들판으로 접어들었다. 마른 강줄기를 타고 인적 없는 길이 길게 이어졌다. 진주빛의 멋진 지평선이 보이고 잎이 다 떨어진 나무가 안개 속에서 떨고 있었다. 고가 철로 위의 아치는 마치 이가 빠진 듯 끊어져 을씨년스러웠다. 폐뢰를 지날 때, 길가의 망가진 정원과 폐허가 된 건물의 작은 별장 철책 울타리 너머, 학살을 면하고 활짝 핀 커다란 백합꽃 세 송이를 보았다. 울타리를 밀고 들어가 보았다. 백합들이 너무 아름다워 감히 꺾을 수 없었다.

들판을 가로질러 마른 강 쪽으로 내려왔다. 강가에 다다르니 구름을 벗어던지고 나온 햇살이 가득 내리쬐고 있었다. 정말 아름다운 풍경이었다. 그 앞쪽으로 전날 격전이 벌어졌던 프티-브리가 보였는데, 포도밭 한가운데 있는 언덕 위로 하얀색의 작은 집들이 층층이 평화롭게 서 있었다. 내가 있는 강가 쪽 갈대밭 사이에는 배가 한 척 떠 있었다. 강가에서는 한 무리의 사내들이 반대편 언덕을 바라보며 이야기를 하고 있었다. 작센 병사들이 돌아왔는지 확인하러 프티-브리로 보낸 정찰병들이었다. 나는 그들과 함께 강을 건넜다. 배가 강을 지나는 동안 배 뒤에 앉아 있던 정찰병 중 하나가 내게 낮은 목소리로 말을 걸었다.

"소총이 필요하시면, 프티-브리 시청에 가득 있어요. 놈들이 보병 대령 시체 하나를 그곳에 남기고 갔지요. 키가 크고 금발에 살결이 여자처럼 하얀 녀석인데 노란 새 장화를 신고 있더군요."

그가 특히 관심을 가진 것은 죽은 사람의 노란 장화였다. 그가 말을 이었다.

"정말 멋진 장화였어요!"

내게 말하는 동안 그의 눈이 반짝였다.

프티-브리로 막 들어서려는데, 해수욕 신발을 신은 뱃사공이 네다섯 개의 소총을 팔에 들고 골목에서 나오더니 우리를 향해 뛰어왔다.

"조심하세요, 프러시아 군인들이 저기 있어요!"

우리는 작은 벽 뒤에 몸을 숨기고 자세히 살펴보았다.

우리들 위쪽의 포도밭 꼭대기에 단총을 쥐고 안장 위에서 연극을 하듯 몸을 앞으로 굽히고 있는 철모 쓴 기병의 옆모습이 보였다. 조금 뒤 다른 기병들이 나타났고 이어 보병들이 포복으로 기어 포도밭 여기저기로 흩어졌다.

그들 중 우리와 가장 가까운 곳까지 온 녀석이 나무 뒤에 자리를 잡더니 꼼짝 않고 있었다. 녀석은 키가 컸으며 갈색의 긴 코트에 색깔 있는 손수건으로 머리를 감고 있었다. 우리가 있는 곳에서 총을 쏘기에 딱 좋은 위치였다. 하지만 그렇게 한들 무슨 소용이 있겠는가? 그들의 동태를 파악한 정찰병이 재빨리 배에 올랐다. 사공이 불평을 늘어놓았지만 우리는 무사히 마른 강을 다시 건널 수 있었다. 그러나 강가에 도착하자마자 반대편 강가에서 우리를 부르는 숨 가쁜 목소리가 들려왔다.

"어이! 배!"

조금 전 장화에 욕심을 내던 병사와 두세 명의 다른 군인들이 시청으로 가려다 서둘러 돌아오고 있었다. 불행히도 그들을 데리러 갈 사람은 없었다. 사공도 이미 사라지고 난 뒤였다.

"나는 노를 저을 줄 모르는데……."

나와 함께 강가의 참호 안에 웅크리고 앉아 있던 정찰병 중사가 불쌍한 목소리로 말했다.

그러는 동안에도 반대편 병사들의 다급한 목소리가 들렸다.

"이리로 와 주세요! 이리로 와 줘요!"

가야만 했다. 만만찮은 일이었다. 마른 강은 노 젓기가 더 힘들었다. 나는 온 힘을 다해서 노를 저었다. 노를 젓는 내내 나무 뒤에 꼼짝하지 않고 있던 아까 그 작센 병사가 등 뒤에서 나를 노리고 있는 것 같은 느낌이 들었다……

반대편 강가에 이르자 정찰병 중 하나가 너무 급하게 배 위로 뛰어드는 바람에 배에 물이 차올랐다. 모두 태웠다간 배가 가라앉을 판이었다. 제일 용감한 병사 하나가 강가에 남아 기다리기로 했다. 그는 의용군 하사로, 파란 옷에 모자 앞쪽에 작은 새 모양 장식을 꽂은 얌전한 청년이었다.

내가 그를 다시 데리러 가려 했을 땐 이미 강 양쪽에서 총격전이 시작되고 있었다. 그는 말없이 한참을 기다리다가 결국 벽에 붙어 샹피니 쪽으로 가 버렸다…… 이후 그가 어떻게 되었는지는 알 수 없었다.

같은 날. 사물이건 인간이건 기괴한 것이 극적인 것과 만나면 독특하고도 강렬한 공포의 감정이 생겨난다. 우스꽝스런 얼굴에 서린 큰 공포만큼 우리를 깊이 감동시키는 것이 또 있을까? 죽음의 극심한 공포에 사로잡힌, 또는 자기 앞에 실려 온 죽은 아들의 시체 앞에서 눈물을 쏟아 내는 부르주아들을 그린 도미에의 그림을 상상해 보라. 거기에는 무언가 특별히 가슴을 에는 슬픔이 있지 않은가? 마른 강가에 있는 모든 부르주아의 별장들과 분홍색, 푸른 사과색, 밝은 노란색 등 갖가지 색으로 색칠한 우스꽝스러운 산장들, 꼭대기에 아연을 씌운 중세풍의 탑, 가짜 벽돌로 지은 정자, 하얀 금속 공이 흔들거리는 로코코 양식의 작은 정원들이 그렇다. 지금 나는 이 모든 것들을 전쟁터의 자욱한 연기 속에서 바라보고 있다. 포탄에 맞아 구멍 뚫린 지붕, 부서진 풍향계, 총알이 뚫고 간 벽들, 사방에 흩어진 짚과 핏자국…… 이 모든 인상들에서 나는 전쟁의 끔찍함을 본다.

몸을 말리기 위해 들어간 집도 그런 곳들 중 하나였다. 나는 이층으로 올라가 빨간색과 금색으로 꾸민 응접실로 들어갔다. 아직 벽지를 다 바르지 못한 상태였다. 바닥에는 벽지 두루마리와 금색이 칠해진 막대들이 남아 있었다. 가구는 흔적조차 없었고 깨진 술병 조각들만 뒹굴고 있었다. 구석에 놓인 짚을 넣은 매트엔 작업복을 입은 한 남자가 잠들어 있었다. 이 모든 것들에 화약, 포도주, 양초, 곰팡이 슨 짚의 희미한 냄새들이 배어 있었다.

나는 분홍색 누가처럼 생긴 이상한 난로 안에 원탁 다리를 쪼개 넣어 몸을 녹였다. 난로를 바라보며 나는 어느 시골 마을의 마음씨 착한 소시민의 집에서 일요일 오후를 보내고 있다는 착각에 빠지기도 했다. 내 뒤쪽 응접실에서 다들 모여 주사위 놀이라도 하고 있는 건 아닐까? ……아니다. 이것은 의용군들이 총을 쏘기 위해 소총을 장전하는 소리다. 총성만 아니었다면 자케 놀이를 하는 소리와 혼동했을 것이다. 아군 쪽에서 총을 한 방 쏠 때마다 강 맞은편에서 응수한다. 강물에 다다른 소리가 언덕을 울리며 끝없이 배회한다.

총알이 뚫어 놓은 응접실 벽의 구멍 사이로 반짝이는 마른 강과 햇빛 가득한 언덕이 보이고, 프러시아 군인들이 커다란 사냥개들처럼 포도밭의 버팀목 사이로 도망치는 모습도 보였다.

몽루즈 요새의 추억

요새 맨 끝 보루 위에 만들어 놓은 흙주머니 포안 틈으로 샤티용의 적들을 겨냥한 해군의 기다란 포열이 거의 수직으로 세워져 있다.

귀처럼 생긴 양쪽의 손잡이와 함께 포구를 위로 향한 채 곧추선 대포는 마치 달을 보고 짖어대고 시체를 보고 울부짖는 커다란 사냥개처럼 보였다. 좀 더 아래쪽 평지에는 해군들이 심심풀이로 그랬는지, 배 한쪽에 아주 작은 영국식 정원을 꾸며 놓았다. 그 모형 정원에는 벤치도 있었고 정자, 잔디, 자갈, 바나나 나무까지 있었다. 바나나 나무는 히아신스보다도 크지 않았지만, 그게 무슨 상관인가! 아무튼 바나나 나무는 보기 좋았고 그 푸른 잎은 흙주머니와 포탄 더미들 속에서 눈을 시원하게 해 주었다.

오! 몽루즈 요새의 작은 정원이여! 나는 그 정원을 철책 울타리로 두르고, 그 안에 이 영광스런 보루에서 쓰러진 카르베스, 데프레, 세세, 그리고 용감한 해군들의 이름들을 새긴 기념비를 세워주고 싶었다.

라 푸이외즈에서

2월 20일 아침.

흐리지만 따뜻하고 좋은 날씨. 경작해야 할 넓은 대지가 멀리서 바다처럼 일렁이고 있었다. 왼쪽으로는 모래가 많은 높은 언덕들이 발레리앙 산의 지맥 역할을 하고 오른쪽으로는 날개가 부러진 작은 지베식 돌 풍차가 있었는데, 그 기단에는 대포가 설치되어 있었다. 풍차로 이어지는 참호를 따라 십오 분을 걸어가 보니 위쪽에서 강 안개 같은 것이 떠돌고 있었다. 야영지의 연기였다. 웅크리고 앉은 병사들은 커피를 끓이려고 산나무에 불을 붙였는데, 그 연기 때문에 앞이 보이지 않았고 기침까지 나왔다. 짧은 참호 끝에서 끝까지 기침 소리가 길게 이어졌다.

라 푸이외즈는 작은 숲에 둘러싸인 농가였다. 도착하니 우리 최후방 보병대가 후퇴하면서 전투를 벌이고 있었다. 파리의 제3유격대였다. 지휘관을 필두로 대대 전원이 질서 정연하게 행진했다. 어제 저녁 납득할 수 없는 패주에 참가하게 되었던 나는 이 모습을 보자 조금 가슴이 벅차올랐다. 뒤를 따르던 두 명의 말을 탄 남자들이 내 옆을 스쳐 지나갔다. 장군과 그의 부관이었다. 말은 걸어가고 있었고 이야기를 나누는 두 남자의 목소리가 들려왔다. 젊은 부관의 다소 아부하는 듯한 목소리가 들렸다.

"네, 각하…… 오! 아닙니다, 각하. 물론입니다, 각하."

이어서 온화하면서도 비통한 장군의 목소리가 들렸다.

"뭐라고! 그가 죽었다고! 오! 불쌍한 친구…… 불쌍한 친구……."

그리고 침묵이 이어졌고 질척한 땅 위를 걸어가는 말발굽 소리만 들려왔다.

나는 잠시 우울한 이곳의 대평원을 바라보았다. 어쩐지 셰리프나 미티자의 평원과 닮은 모습이었다. 회색 작업복의 위생병들이 하얀 적십자기를 들고 움푹 팬 길 위로 올라왔다. 십자군 원정 시대 팔레스타인에 와 있는 느낌이 들었다.

기수

1

연대는 철길이 있는 비탈 위에서 전투를 벌이고 있었다. 반대편 숲 안에 집결한 모든 프러시아 군대가 이 연대를 표적으로 삼았다. 80미터의 거리를 두고 양측이 총격전을 벌였다. 장교들이 외쳤다. "엎드려!" 하지만 아무도 그의 말을 따르지 않았다. 용감한 연대 병사들은 선 채로 자신들의 군기 주위에 모여 있었다. 밀 이삭이 영글고 목초지가 펼쳐진 석양의 드넓은 지평선 아래서, 포연에 싸인 채 악전고투를 거듭하고 있는 병사들은 마치 허허벌판에서 엄청난 폭풍우를 알리는 바람 소리에 놀라 우왕좌왕하는 가축 떼 같았다.

지금 이 비탈 위로는 철의 비가 쏟아지고 있는 것이다! 총성과 참호 속에 굴러다니는 찬합의 둔탁한 소리, 팽팽하게 당긴 악기의 현을 튕기는 듯 전장의 이쪽 끝에서 저쪽 끝까지 긴 떨림으로 이어지는 음산한 탄환의 울림만 사방을 뒤덮고 있었다. 이따금 군인들 머리 위로 솟아 있던 군기가 일제사격의 폭풍을 맞고 연기 속에 쓰러졌다. 그러면 총성과 욕설과 부상자들의 신음 소리를 압도하는 단호하고도 신념에 찬 목소리가 들려왔다.

"기를 올려라, 대원들이여, 기를 올려라!"

그러면 붉은 포연 속에서 한 장교의 희미한 그림자가 뛰어가는 것이 보였고, 이 장렬한 군기는 전장 위에 꽂혀 다시 살아났다.

벌써 군기는 스물두 번이나 쓰러졌다! 죽어 가는 병사들의 손을 스물두 번이나 거쳐 온 이 군기의 깃대는 아직 그 온기가 남은 채 다른 병사들의 손에 옮겨져 다시 세워졌다. 해가 지고 연대에서 살아남은 불과 몇 명의 병사들이 천천히 후퇴할 무렵, 그날의 스물세 번째 기수인 오르뉘 중사의 손에 들린 군기는 이제 한 조각 누더기에 지나지 않았다.

2

오르뉘 중사는 갈매기 수장을 세 개나 단 나이 든 병사였다. 겨우 자기 이름을 쓸 줄 알았고 하사관 계급장을 달기까지는 이십 년이나 걸렸다. 좁고 고집 센 이마와 배낭 때문에 굽은 등에는 업 둥이로 자라온 세월의 비참함과 오랫동안 사병으로 복무하며 몸 에 밴 우둔함이 고스란히 나타나 있었다. 게다가 그는 말까지 더 듬었다. 그러나 기수에게 웅변술 따위는 필요치 않았다. 전투가 있던 날 저녁, 연대장이 그에게 말했다.

"자네가 군기를 든다. 잘 지키도록."

그러자 곧바로 식당 아주머니가 비를 맞고 불에 그슬려 해진 그의 군복 외투에 금박의 소위 계급장을 꿰매 달아 주었다.

비루한 그의 인생에서 유일하게 자랑스러운 순간이었다. 노병 은 이제 꼿꼿이 몸을 세우고 다녔다. 등은 굽고 땅을 내려다보며 걷는 데 익숙해진 이 불쌍한 병사의 얼굴엔 그때부터 자랑스러움 이 번졌다. 이제 그는 펄럭이는 천 조각을 보기 위해, 그리고 죽음 과 반역과 패주 위로 군기를 똑바로, 드높이 들기 위해 눈을 위로 향하게 되었다.

전투가 있던 날, 가죽을 댄 군기 손잡이를 양손으로 부여잡고 있던 오르뉘만큼 행복한 병사는 없었다. 그는 말도 하지 않고 움 직이지도 않았다. 사제처럼 엄숙하게 서 있는 그의 모습을 사람 들이 보았다면 뭔가 성스러운 물건이라도 들고 있다고 생각했을 것이다.

그는 총탄의 집중 세례를 받는 이 아름다운 금빛 누더기를 감싸 쥔 손가락에 자신의 모든 인생과 자신이 낼 수 있는 모든 힘을 집중했다. 불타는 적개심으로 맞은편의 프러시아 군인들을 노려보는 그의 눈빛은 마치 "어서 와서 이 군기를 한번 빼앗아 보시지!"라고 말하는 듯했다.

아무도, 죽음까지도 그것을 빼앗을 수 없었다. 보르니 전투에서도, 그라블로트 전투에서도, 피가 튀고, 찢기고, 구멍 나고, 해져 속이 만신창이가 되어도 군기는 끝까지 살아남았다. 그리고 그 기를 든 것은 언제나 노병 오르뉘였다.

3

구월이 왔다. 메스 이남의 부대는 봉쇄되었고, 오랜 휴전으로 대포들은 진흙탕 속에서 녹이 슬어 갔다. 세계 제일의 군대는 무력화되고 식량과 정보마저 차단되어 사기를 잃고 열병과 권태로움 속에 죽어 가고 있었다. 지휘관도 병사들도 모두들 의욕을 잃었는데 오직 오르뉘만은 여전히 신념에 차 있었다. 삼색의 누더기 군기가 그에게는 모든 것을 대신해 주었고 군기만 그곳에 있다면 그는 아무것도 잃은 게 없는 듯했다. 하지만 불행하게도 더 이상 전투가 일어나지 않았기 때문에 연대장은 군기를 메스 교외에 있는 자신의 집에 보관해 두었다. 선량한 오르뉘는 자기 아이를

123

유모에게 맡긴 엄마의 심정이었다. 그는 언제나 군기 생각만 했다. 그러다 너무나 견딜 수 없게 되면 단숨에 메스로 뛰어가 군기가 제자리에 있는지, 벽에 잘 세워져 있는지 확인한 뒤 용기와 인내심을 재무장하고 돌아왔다. 그리고 그는 삼색기를 펄럭이며 저아래 프러시아군의 참호 위로 전진하는 꿈을 꾸며 비에 젖고 있는 텐트 안으로 들어가곤 했다.

하지만 바젠 원수의 명령 하나가 이런 그의 꿈을 산산이 조각냈다. 어느 날 아침 오르뉘가 잠에서 깨어나자 온 부대가 떠들썩했다. 흥분한 병사들이 삼삼오오 모여 분노의 함성을 내지르고 있었다. 그들은 자신의 분노가 오직 한 사람을 향한 것인 듯, 마을 쪽을 향해 주먹을 들고 외쳤다.

"그놈을 잡아라! 그를 총살하자!"

지휘관들도 병사들이 떠들도록 가만히 내버려 두었다. 그들은 부끄러운 듯 고개를 숙이고 병사들과 멀리 떨어져 걸었다. 정말로 수치스러운 일이었다. 아직까지 건재한 15만의 무장 병력을 싸워 보지도 않고 적에게 넘기라는 총사령관의 명령이 낭독된 것이다.

"그럼, 군기들은?" 창백해진 오르뉘가 물었다.

군기는 총기 등 부대에 남은 모든 것들과 함께 넘겨질 것이다. 전부 다……

"이…… 이…… 이런 제기랄!" 불쌍한 노병이 더듬거리며 말했다. "그래도 내 군기는 가져가지 못해!"

그는 마을을 향해 달려갔다.

4

그곳에서도 모두 격앙돼 있었다. 국민병이며 시민들이며 유격병이며 모두 소리를 지르고 흥분해 있었다. 원수를 만나러 가는 대표단이 치를 떨면서 지나갔다. 오르뉘에겐 어떤 것도 보이지 않았고 아무 소리도 들리지 않았다. 교외의 길을 되짚어 가며 그는 혼자 중얼거렸다.

"내 군기를 빼앗아 간다고! 그럴 리가 없어! 어떻게 그럴 수가 있어? 감히 누가 그럴 권리가 있어? 프러시아 놈들에게는 화려한 황금 마차나 멕시코에서 가져 온 아름다운 접시들만 주면 되잖아! 군기는 내 거야…… 그것은 내 명예나 다름없어. 아무도 그것을 만지지 못하게 할 거야."

뛰어가면서 말했던 탓에, 말을 더듬었던 탓에, 그가 하는 말은 뚝뚝 끊겼다. 그러나 이 노병의 마음 깊은 곳에는 나름의 생각이 있었다. 분명하고도 확고한 생각이었다. 그러니까 군기를 찾아와 연대로 가지고 가서, 군기를 뒤따르고자 하는 사람들 모두와 함께 프러시아군을 짓밟아 버리겠다는 것이었다.

그곳에 도착했지만 아무도 그를 들여보내 주지 않았다. 화가 난 연대장 또한 아무도 만나려 하지 않았다. 하지만 오르뉘는 결코 순순히 물러나지 않았다. 그는 욕설을 퍼붓고 고함을 치며 보초를 밀쳐댔다.

"내 군기, 내 군기를 찾으러 왔다!"

그러자 드디어 창문이 열렸다.

"너냐, 오르뉘?"

"네, 연대장님. 저는……."

"군기는 모두 병기고 안에 있다. 그곳에 가면 인수증을 줄 것이다."

"인수증이요? ……그게 뭔데요?"

"사령관님의 명령이다."

"하지만 연대장님……."

"이제 그만 가봐!"

창문은 다시 닫혔다.

늙은 오르뉘는 술 취한 사람처럼 몸을 비틀거렸다.

"인수증이라니, 인수증……." 그는 기계적으로 그 말을 되풀이했다. 그리고는 군기가 병기고에 있고 어떻게든 그것을 되찾아야겠다는 단 한 가지 생각에 빠져 다시 서둘러 걷기 시작했다.

마당에서 줄지어 대기하고 있던 프러시아군의 화물 수송차들을 통과시키기 위해 병기고의 문들은 활짝 열려 있었다. 오르뉘는 그 안으로 들어가면서 몸을 떨었다. 오륙십 명 가량의 다른 기수들도 모두 침통한 얼굴로 아무 말 없이 그곳에 모여 있었다. 비에 젖은 거무튀튀한 마차들이 모여 있고 그 뒤로 모자도 쓰지 않은 병사들이 몰려 있어 마치 장례식장에 와 있는 느낌이었다.

한쪽 구석에는 바젠 휘하 군대의 모든 군기들이 진흙투성이의 포석 위에 뒤죽박죽 쌓여 있었다. 화려한 비단 천 조각들과 금박술 장식을 달고 세공한 깃대 조각들…… 맨땅에 버려져 비와 진흙에 더럽혀진 영예의 상징만큼 비참해 보이는 것은 없었다. 행정 장교가 차례로 군기를 하나씩 들어 연대 이름을 부르면 각 연대의 기수들이 나와서 인수증을 받았다. 딱딱하고 무표정한 프러시아 장교 두 사람이 이를 감시했다.

오, 성스럽고 영광스러운 헝겊 조각들이여! 너희는 이렇게 찢어진 상처를 드러내며 날개 잃은 새들처럼 쓸쓸히 포석 위를 뒹굴며 사라지는구나! 아름다웠던 너희는 더럽혀지는 수치심을 안고, 각자 한 조각 프랑스의 긍지를 안고 사라지는구나. 기나긴 행군 아래 받았던 햇살이 너희의 빛바랜 주름들 사이에 남아 있다. 총탄의 흔적 속에서 적의 표적이 되어 쓰러진 이름 모를 용사의 추억을 너희는 간직하고 있다.

"다음은 오르뉘, 호명한다. 나와서 인수증을 받아라."

정말 인수증이었다!

군기가 그의 앞에 있었다. 가장 많이 손상되고, 가장 아름다운, 그의 군기였다. 군기를 다시 보는 순간, 오르뉘는 다시 저 높은 언덕 위에 와 있는 것만 같았다. 총알 스치는 소리, 깨진 찬합 소리, 그리고 "병사들이여! 군기를 지켜라!" 명령하는 연대장의 목소리가 들렸다. 스물두 번째 전우가 쓰러지고 스물세 번째, 잡아 줄 사람이 없어 흔들리는 가련한 군기를 잡으려고 그가 뛰어간다. 아! 그날 그는 죽을 때까지 군기를 지켜 주겠다고 맹세했었다. 하지만 이제는……

그런 생각을 하자 그의 가슴에 있던 피가 머리로 솟구치는 것 같았다. 그는 술에 취한 듯 정신없이 프러시아 장교에게 달려들어 그가 너무나 사랑하는 자신의 군기를 빼앗아 손에 쥐었다. 그리고는 군기를 똑바로 높이 들려 애쓰며 소리쳤다. "군기를……" 그러나 그의 목소리는 목 안에서 멈추어 버렸다. 그는 깃대가 떨리며 자기 손에서 빠져 나가는 것을 느꼈다. 적의 수중에 넘어간 도시의 무기력한 공기, 죽음의 공기 속에서, 군기는 더 이상 펄럭이지 않았다. 자랑스러운 것은 아무것도 살아남지 않았다. 늙은 오르뉘는 벼락에 맞은 듯 쓰러졌다.

8월 15일의 훈장 수훈자

　알제리에서 사냥을 마치고 난 어느 저녁, 나는 오를레앙빌에서 몇 십 킬로미터 떨어진 셰리프 강에서 심한 폭풍우를 만났다. 마을의 그림자도 여관도 보이지 않았다. 키 작은 야자수와 유향나무 덤불숲과 지평선 끝까지 뻗어 있는 드넓은 농지만 보일 뿐이었다. 더구나 폭우로 물이 불어난 셰리프 강은 걱정스러울 정도로 큰 소리를 내며 흘러내렸다. 잘못하면 늪 한가운데서 밤을 지낼 수도 있었다. 다행히도 함께 갔던 밀리아나 면사무소의 민간인 통역관이 우리가 있는 근처 습곡에 어느 부족이 숨어 살고 있다는 것을 기억해 냈다. 마침 그가 족장과 알고 지내는 터라 그에게 부탁하여 하룻밤을 지내게 해 달라고 부탁하기로 했다.

　평지의 아랍 마을들은 온통 선인장 속에 파묻혀 있다시피 했고 마른 흙으로 지은 움막집들은 땅 위로 아주 낮게 지어져서, 모르는 사이에 우리는 벌써 마을 한가운데 들어서 있었다. 이렇게 조용한 것은 너무 이른 시간 때문이었을까, 아니면 비 때문이었을까? 마을은 무척 음산해 보였고 근심의 무게에 짓눌려 모든 생명들이 정지해 있는 듯했다. 밭 주변으로 추수한 곡식들이 내팽개쳐져 있었다. 다른 곳에서는 이미 거둬들였을 밀과 보리들이 바닥에 그대로 쓰러져 썩어 가고 있었다. 녹슨 쇠스랑과 쟁기들도 빗속에 방치되어 널브러져 있었다.

부락민 모두가 똑같이 허탈한 슬픔과 무심함에 잠긴 표정이었다. 개들도 우리가 아주 가까이 가야만 겨우 짖곤 했다. 이따금 움막집 안에서 어린아이의 울음소리가 들렸고 덤불숲으로 머리를 민 어린 소년과 몇몇 노인들이 구멍난 천 쪼가리를 두르고 지나가는 것이 보였다. 여기저기 모인 당나귀 새끼들이 덤불숲 아래서 떨고 있었다. 하지만 말이나 성인 남자들은 하나도 보이지 않았다. 전쟁 중이라서 벌써 몇 달 전부터 기병들은 모두 마을을 떠난 것 같았다.

족장의 집은 하얀 벽에 창이 없이 길게 지어진 농가였는데, 다른 집들과 마찬가지로 생기가 느껴지지 않았다. 마구간은 열려 있었고 사료통도 비어 있었으며 우리의 말을 받아 줄 마부도 보이지 않았다.

"무어식 카페에 가 볼까요?" 나의 동행이 말했다.

무어식 카페란 일종의 아랍 추장들의 응접실이었는데, 방문객을 위해 마련한 집 안의 사랑방 같은 역할을 했다. 그곳에 들어서면 친절하고 예의 바른 무슬림들이 어떻게 율법에서 명하는 가정의 화목을 지키면서 손님을 환대하는 미덕을 실천하는지 볼 수 있었다. 시-슬리만 족장의 무어식 카페는 그의 마구간처럼 문이 열려 있었고 조용했다. 석회를 칠한 높은 벽, 전리품들, 타조 깃털, 방 주변을 빙 두른 넓고 낮은 소파, 모두가 열린 문으로 들이친 비에 젖어 있었다. 그래도 카페 안에는 사람들이 있었다. 카페 책임자인 나이 든 카빌도 누더기를 걸치고 머리를 무릎 사이에 파묻은 채 엎어진 화로 옆에서 웅크리고 앉아 있었다. 그리고 열이 있는 듯 창백해 보이는, 잘생긴 족장의 아들이 검은 외투로 몸을 둘둘 말고서 소파에 누워 있었다. 그의 발밑에는 커다란 두 마리의 사냥개가 그와 함께 누워 있었다.

우리가 안으로 들어섰지만 아무도 움직이지 않았다. 두 마리의 사냥개 중 한 마리가 고개를 흔들었고, 열병에 지친 표정의 소년이 까맣고 아름다운 눈을 우리를 향해 돌릴 뿐이었다.

"시-슬리만은?" 통역이 물었다.

카페지기는 머리 위로 팔을 들어 올리는 모호한 몸짓으로 아주 먼 곳을 가리켰다. 그래서 우리는 시-슬리만이 긴 여행을 떠났다는 것을 알았다. 그러나 비 때문에 길을 되돌아갈 수도 없었다. 통역관은 족장의 아들에게 아랍어로 우리가 그의 아버지의 친구들이며, 다음 날까지 머물 수 있게 해 달라고 부탁했다. 그러자 소년은 열병으로 몸이 아픈데도 불구하고 카페지기에게 명령을 내렸고 공손하게 소파를 가리키며, 마치 우리들에게 "당신들은 나의 손님입니다."라고 이야기하는 듯이 아랍식으로 고개를 숙여 손가락 끝에 키스를 하는 동작을 취했다. 그리곤 위풍당당하게 외투를 걸치고서 족장으로서, 그리고 한 집안의 주인으로서의 위엄을 갖추며 밖으로 나갔다.

뒤이어, 카페지기가 화로에 다시 불을 붙이고서 그 위에 아주 작은 두 개의 주전자를 올려놓았다. 이렇게 그가 우리를 위해 커피를 준비하는 동안, 우리는 그로부터 주인의 여행에 대한 이야기와 이상하게 방치 상태에 놓여 있는 부족에 대한 몇 가지 이야기들을 들을 수 있었다. 카빌은 나이 든 여인들처럼 몸짓을 섞어 가며 아주 빠르게 말했다. 후음이 섞인 아름다운 말소리였다. 빠르게 이야기를 하다가도 때로는 한참 동안 말을 끊고 조용히 있기도 했는데, 그럴 때마다 안마당의 모자이크 타일 위로 떨어지는 빗소리와 주전자 끓는 소리, 평야에 떼를 지어 흩어진 이리들의 울음소리가 들려왔다.

불쌍한 시-슬리만에게 일어난 일들의 전말은 이랬다.

넉 달 전인 8월 15일, 시-슬리만은 오랫동안 기다려 오던 그 유명한 레종 도뇌르 훈장을 받았다. 그때까지 지방의 족장으로서 훈장을 받지 못한 사람은 시-슬리만 뿐이었다. 다른 족장들은 모두 슈발리에 훈장이나 오피시에 훈장 수훈자들이었다. 그들 중 두세 명은 코망되르 훈장의 넓은 리본을 외투에 두르고서 별 뜻 없이 그 안에 코를 풀기도 했다. 나는 전에 부아렘 족장이 그렇게 하는 것을 여러 번 본 적이 있었다. 그때까지 시-슬리만이 훈장을 받지 못했던 것은 부이요트 카드놀이 결과를 두고 아랍 행정관과 싸움을 벌였기 때문이었다. 알제리에서는 군인들 간의 인맥이 매우 중요해서 시-슬리만의 이름이 십 년 전부터 훈장 수훈자 명단에 올라와 있었지만 통과되지 못했던 것이다. 그러니 8월 15일 아침 오를레앙빌에서 온 원주민 기병이 그에게 금색 보석 상자에 훈장 증서를 담아 가져왔을 때, 또 네 명의 부인들 중 그가 가장 사랑하는 바이아가 낙타털로 만든 그의 외투에 프랑스 십자가 훈장을 달아 주었을 때, 그 착한 시-슬리만이 얼마나 기뻐했는지 짐작할 수 있을 것이다. 그의 부족에게는 끝없는 잔치와 향연을 열 기회였다. 밤새도록 북소리와 갈대 피리 소리가 울려 퍼졌다. 사람들은 춤을 추고 기쁨의 축포를 올렸고, 수많은 양들이 도살되었다. 유명한 즉흥시인인 젠델이 시-슬리만을 칭송하는 찬가를 지어 잔치는 정말 부족한 것이 없었다. 그 찬가는 이렇게 시작되었다.

'바람아, 좋은 소식을 전하러 갈 수 있도록 말에 안장을 올려다오……'

다음 날 날이 밝자마자 그는 자신의 토착민 병사들을 비상소집

했고, 총독에게 감사의 뜻을 전하기 위해 수도인 알제로 향했다. 도시 성문 앞에서 그의 병사들은 관례에 따라 멈춰 섰다. 족장 혼자만 총독부에 들어가서 말라코프 공작을 만나 삼천 년 전부터 모든 젊은 남자를 야자수에, 모든 여자들을 사슴에 비유해 오던 풍부한 표현력을 지닌 동양적인 정숙한 언어로 프랑스에 대한 충성을 다짐했다. 그리고 이 힘든 일을 마치고 그는 자신의 모습을 드러낼 수 있도록 도시 높은 곳으로 올라갔는데, 도중에 회교 사원에 들러 예배를 올리고 가난한 사람들에게 적선도 했으며 이발소에도 들렀다. 그리고 자수 집에도 들러 자기 부인들에게 줄 향수와 꽃과 당초무늬가 있는 비단 천과 아들에게 줄 금줄이 달린 파란 흉갑과 붉은색 승마 장화를 샀다. 그는 값을 흥정하지도 않고 자신의 기쁨을 은화를 뿌리는 것으로 표현했다. 시장에서는 스미른 양탄자 위에 앉아 자신을 축하해 주는 무어 상인의 가게 앞에서 커피를 마시기도 했다. 그의 주변으로 호기심에 찬 사람들이 몰려들어 이렇게 말했다. "저 사람이 시-슬리만이야…… 황제가 그에게 훈장을 내리셨대." 목욕을 마치고 돌아오는 무어의 소녀들은 과자를 먹으면서 하얗게 화장을 한 얼굴 아래로, 그의 옷에 자랑스럽게 달려 있는 아름답고 새것으로 빛나는 은제 훈장을 감탄의 눈으로 한참 동안 바라보았다.

아! 인생을 살다 보면 때때로 너무나 행복한 순간들이 있기 마련이다……

저녁이 되자 시-슬리만은 자신의 병사들이 있는 곳으로 돌아갈 준비를 했다. 그가 막 말의 등자에 한 발을 얹었을 때 총독부의 집사가 숨을 헐떡이며 그를 찾아왔다.

"시-슬리만 씨, 여기 계셨군요. 당신을 여기저기 찾아다녔어요. 급히 좀 가 주셔야겠어요. 총독께서 찾으십니다."

시-슬리만은 아무 걱정 없이 그를 따라갔다. 그런데 그가 총독부의 무어식 마당을 지날 때 아랍 행정관을 만났는데, 그 행정관은 그에게 기분 나쁜 미소를 지었다. 등골을 오싹하게 하는 적의 웃음에 시-슬리만은 몸을 부들부들 떨며 총독의 방으로 들어갔다. 총독은 의자에 비스듬히 앉아 그를 맞이했다.

"시-슬리만."

그는 평소와 같은 난폭한 어투와 주변 사람을 모두 떨게 만드는 그 유명한 콧소리로 그에게 말했다.

"이보게, 시-슬리만, 미안하네만 착오가 있었네. 이번에 훈장을 받을 사람은 자네가 아니라 주그-주그 지방관일세. 자네 훈장을 돌려줘야겠어."

족장의 검게 그을린 아름다운 얼굴은 대장간의 불에 가까이 댄 것처럼 빨개졌다. 그의 큰 몸이 경련을 일으키듯 흔들렸고 눈에서는 불꽃이 일었다. 하지만 그것은 한순간의 섬광에 지나지 않았다. 그는 곧 두 눈을 내리깔고 총독 앞에 고개를 숙였다.

"당신을 섬기겠습니다. 각하." 그가 말했다.

그는 자기 가슴에 달린 훈장을 떼어서 탁자 위에 올려놓았다. 그의 손은 떨렸고 눈썹 끝에 눈물이 맺혔다. 이에 늙은 펠리시에 총독은 감동을 받았다.

"그래, 그래. 내년엔 꼭 자네가 받게 될 거야."

그리곤 시-슬리만에게 착한 아이처럼 손을 내밀었다.

족장은 그 내민 손을 못 본 체하며 아무 대답도 하지 않고 그곳을 나왔다. 그는 총독의 약속이 무슨 뜻인지를 알았고 관료들의 음모에 의해 자신의 명예가 영원히 실추되었다는 것도 알았다.

그의 불행에 대한 소문은 벌써 도시 전체에 퍼졌다. 밥-아준 거리의 유대인들은 그를 보며 냉소를 지으며 지나갔다. 이와 반대로 무어 상인들은 동정하는 표정으로 그를 바라보았다. 그러나 이런 동정은 조소보다도 그를 더 괴롭게 했다. 그는 벽을 따라 되도록 어두운 길을 찾아 걸었다. 그가 훈장을 떼어 낸 자리는 벌어진 상처처럼 따가웠다. 그의 머릿속에는 온통 이런 생각들이 들끓었다.

'내 부하들은 뭐라고 할까? 또 내 부인들은 무슨 말을 할까?'

그러자 분노가 치밀었다. 그는 늘 전쟁의 불길이 타오르는 저 아래 모로코 국경 부근에서 성전을 독려하는 자신을 상상해 보았다. 아니면 자기 부하 병사들을 이끌고 알제 시내를 휘젓고 다니며 유대인들을 약탈하고 기독교인들을 학살하며, 이런 대혼란 속에 몸을 던져 자신의 수치심을 감추어 볼까 하는 생각도 했다. 그 어떤 것도 자기 부족이 있는 곳으로 다시 돌아가는 것보다는 쉬울 것 같았다…… 그러다 한참 복수의 계획을 세우고 있던 그에게 황제에 대한 생각이 섬광처럼 스쳐갔다.

황제라! 모든 아랍인들과 마찬가지로 시-슬리만에게도 정의와 힘에 대한 관념은 바로 이 황제라는 단어에 함축되어 있었다. 황제는 쇠퇴해 가는 이슬람교도들의 실질적인 수장이었다. 이스탄불에 있는 또 다른 황제는 그들에게는 너무나 멀리 있는 관념적인 존재로, 영적인 힘만 남아 있는 추상적인 왕, 그러니까 우리가 헤지라를 통해 그것이 어떤 권력인지 알고 있는 그런 왕일뿐이었다.

그러나 대포와 보병대와 철갑선을 가지고 있는 이 황제는! 그 황제를 생각하자 시-슬리만은 구원을 받은 것만 같았다. 황제라면 그에게 훈장을 다시 돌려줄 수 있을 것이다. 황제를 만나기 위해서는 일주일이면 충분할 것이라고 생각했고, 그런 확신에 찬 생각에 그의 부하들을 그냥 알제 성문 앞에서 기다리게 할 참이었다. 다음 날 그는 메카로 순례를 떠나는 사람처럼 경건하고도 편안한 마음으로 여객선에 몸을 싣고 파리로 떠났다.

불쌍한 시-슬리만! 그가 떠난 지 벌써 넉 달이나 되었지만 그가 그의 부인들에게 보내 온 편지에는 그의 귀향에 대해 아무 언급도 없었다. 넉 달 전부터 이 불행하기 그지없는 족장은 파리의 안개 속에서 거리를 헤매며 매일같이 관청으로 찾아다니다 여기저기서 비웃음의 대상이 되었다. 또 프랑스 행정의 톱니바퀴 같은 거대한 악순환에 갇혀서 이 관청에서 저 관청으로 보내져 결국에는 이루어지지 않을 면담을 위해 대기실 의자 위에서 외투를 더럽혀야 했다. 저녁이면 위엄을 찾느라 오히려 더 우습고 더 슬퍼 보이는 긴 얼굴을 하고 가구가 딸린 여관 카운터에서 열쇠를 받으려는 그의 모습을 볼 수 있었다. 그는 하루 종일 뛰어다니고 걸어 다니다가 지쳐서 자기 방으로 올라가면서도 여전히 의기양양하게, 마치 도박으로 돈을 잃은 사람처럼 한 가닥 희망에 목을 매고 명예를 찾아 뛰어다녔다.

그가 그렇게 지내는 동안 그의 기병 부하들은 밥-아준 거리의 문 앞에 웅크리고 앉아 동양 특유의 운명관으로 그를 기다렸다. 말뚝에 매인 말들은 바다를 향해 울어 대고 있었다. 그의 부족에서는 모든 것이 멈추어 버렸다. 일손이 없어 수확물은 바로 그 자리에서 썩어 갔다. 여자들과 어린아이들은 머리를 파리 쪽으로 향하고서 날짜를 헤아렸다. 이 붉은 리본 끝에 얼마나 많은 희망과 불안과 파멸이 매달려 있는지 생각만 해도 딱할 뿐이다…… 이 모든 것이 언제나 끝이 날까?

"하느님만이 아시는 일입니다." 카페지기가 깊은 한숨을 쉬며 말했다.

그리고 그는 맨살이 드러난 팔을 뻗어, 반쯤 열린 문 사이 보랏빛의 슬픈 평원 위 촉촉한 밤하늘에 떠오른 하얀 초승달을 가리켰다.

2부

공상과 기억

———

아르튀르

몇 년 전 나는 샹젤리제 거리의 두즈-메종 골목에 있는 작은 집에서 살았다. 고풍스러운 대로변의 외진 곳에 위치해 마차나 겨우 지나다닐 뿐 인적이 드문, 춥고 조용한 동네였다. 지주가 변덕스러워서인지 아니면 구두쇠라서 그랬는지 몰라도, 이 멋진 동네 한가운데다 비스듬히 낮은 건물들을 올리고 넓은 공터와 이끼로 덮인 정원을 아무렇게나 방치해 두고 있었다. 집들의 계단은 밖으로 나 있었고 나무로 만든 테라스에는 빨래들이며 토끼집이며 마른 고양이들이며 길들여진 까마귀들이 진을 치고 있었다. 그 거리에는 노동자들과 몇 푼 안 되는 연금으로 살아가는 사람들 그리고 몇몇 예술가들의(아직 숲이 남아 있는 곳에서 이런 사람들을 많이 볼 수 있다) 집들이 있었고, 대를 이어 찌든 가난 속에서 연명

하는 지저분한 셋집들도 두서너 가구 있었다. 바로 주변에는 화려하고 시끌벅적한 샹젤리제의 거리가 마차 바퀴 소리, 마차 삐걱거리는 소리, 말발굽 소리, 마차 문 닫히는 소리, 달리는 마차의 문 흔들리는 소리, 희미한 피아노 소리, 마비유에서 울리는 바이올린 소리 등을 끊임없이 들려주고 있었다. 유리창에 밝은 색 비단 커튼이 드리워져 있고, 커다란 유리창 너머로는 금장한 촛대들과 희귀한 종류의 원예용 꽃들이 들여다보이는, 모서리를 둥글게 깎아 지은 한적한 대저택들이 두즈-메종 골목을 둘러싸고 있었다.

길 끝에 선 가로등 하나가 어두침침한 골목길을 비추고 있는 두즈-메종 골목은 마치 아름답게 장식된 무대의 뒷면처럼 보였다. 하인들, 닥치는 대로 살아가는 영국인 마부들, 서커스 곡예사들, 두 마리 조랑말이 끄는 마차에 서커스 광고판을 싣고 다니는 어린 마부, 짐꾼, 인형극 연기자, 빵 장사 그리고 저녁마다 접이의자와 아코디언과 동냥 통을 들고 나타나는 장님 무리까지…… 샹젤리제의 화려함이 감추고 있는 모든 것들이 이 누추한 골목으로 숨어들어 살아가고 있었다.

이들 장님 중 한 명은 내가 이 골목에 사는 동안 결혼을 했는데, 그 때문에 우리는 클라리넷과 오보에, 오르간, 아코디언의 환상적인 연주를 밤새도록 즐길 수 있었다. 파리에 있는 모든 다리에서 들을 수 있는 각기 다른 주법의 연주들이 줄줄이 이어졌다. 하지만 평소에 이 골목은 아주 조용했다. 이 거리의 방랑자들은 저녁 늦은 시간에야 지친 몸을 끌고 집으로 돌아오기 때문이다. 하지만 아르튀르가 급료를 받는 토요일이면 온 동네가 다시 소란에 휩싸이곤 했다.

아르튀르는 내 옆집에 살고 있었는데 낮은 철망 하나가 겨우 내가 사는 집과 그가 자신의 아내와 함께 사는 셋집을 구분해 놓고 있었다. 그래서 자연스레 그들의 생활은 나의 생활에 스며들었다. 토요일이면 이 노동자의 집에서 펼쳐지는 끔찍한 파리 뒷골목의 활극이 빠짐없이 내 귀에 전해졌다. 그 처음은 늘 같았다. 부인은 저녁을 준비하고 아이들은 엄마 주위를 맴돈다. 엄마는 아이들을 부드럽게 어르며 자기 일을 한다. 일곱 시가 되고 여덟 시가 되어도 남편은 돌아오지 않는다…… 시간이 지나면서 엄마의 음성은 변해 가고, 눈물을 보이고, 신경질적이 된다. 배고프고 졸린 아이들은 칭얼대기 시작한다. 그래도 남편은 돌아오지 않는다. 식구들은 결국 남편 없이 밥을 먹는다. 이렇게 아이들이 잠들고 닭장의 닭들마저 잠이 들면 아내가 나무 테라스로 나와 낮은 소리로 흐느끼며 중얼거리는 소리가 들린다.

"나쁜 놈! 나쁜 놈!"

마침 집으로 돌아오던 이웃 사람들이 이런 그녀를 발견하고는 위로해 준다.

"아르튀르 부인, 그만 들어가 주무세요. 오늘이 급료를 받는 날이라서 안 돌아올 게 뻔하잖아요."

그리고 위로는 곧 잔소리로 바뀐다.

"내가 댁이라면……. 왜 사장한테 가서 말하지 않나요?"

이런 동정은 그녀를 더욱 눈물 나게 한다. 그래도 희망을 버리지 않고 끝까지 남편을 기다린다. 그러다 거리의 문들이 다 닫히고 골목이 조용해지면 자신이 혼자뿐이라는 생각을 하고는 턱을 괸 채 한 가지 생각에 빠진다. 그리고 일생의 반을 거리에서 보낸 사람답게 거침없는 태도로 자신의 슬픔을 큰 소리로 내뱉는다.

밀린 집세, 자신을 괴롭히는 빚쟁이, 더 이상 외상을 주지 않는 빵집 주인에 대한 이야기다. 만약 남편이 돈을 가져오지 않으면 어떡해야 하나?

그녀는 늦게라도 남편이 돌아올까 발소리에 귀를 기울이고 시간을 헤아리다가 결국 지쳐 집으로 들어간다. 그러고 한참 후, 이제 다 끝났다고 생각할 즈음, 내 방 가까운 복도에서 다시 기침 소리가 들린다. 이 불쌍한 여인은 걱정에 못 이겨 다시 나와 어두운 골목을 뚫어져라 응시하고 있는 것이다. 하지만 어둠 속에서 보이는 것은 그녀의 슬픔뿐이다.

이윽고 새벽 한두 시 아니면 그보다 더 늦은 시간, 골목 끝에서 노랫소리가 들려온다. 아르튀르가 돌아온 것이다. 거의 매번 그의 동료가 문 앞까지 따라온다.

"자, 들어가자고. 어서 들어와!"

그러면서도 그는 문 앞을 서성이며 쉽게 들어가지 못한다. 집

안에서 자신을 기다리고 있다는 걸 잘 알고 있기 때문이다.

계단을 오를 때마다 모두 잠든 집안의 고요가 그의 발걸음을 무겁게 만들고, 후회 같은 감정이 그를 짓누르는 것이다. 그는 다른 집 문 앞에 서서 혼자 큰 소리로 외친다.

"안녕하세요, 웨버 부인. 안녕하세요, 마티유 부인."

그러다 아무 대답이 없으면 욕을 퍼붓고, 결국 모든 집들의 문과 창문이 열리고 욕설이 오간 뒤에야 모든 것이 잠잠해진다. 이것이 그가 원하는 바였다. 그는 술에 취하면 소란을 피우고 싸움을 하려 들었다. 이렇게 흥분하고 화를 내야만 집으로 들어갈 용기가 생기는 모양이었다. 집으로 들어가는 일이 그에게는 끔찍한 일이었을 것이다.

"문 열어, 나야."

그러면 그의 아내가 맨발로 뛰어나오는 소리, 성냥불 켜는 소리가 들린다. 그리고 남편은 집안으로 들어가 늘 똑같은 소리를 주절주절 늘어놓는다.

"동료, 꼬드김…… 당신도 알고 있는 놈…… 철도에서 일하는 그놈."

하지만 아내는 더 이상 이야기를 들으려 하지도 않는다.

"돈은?"

"하나도 없어." 아르튀르의 목소리다.

"거짓말!"

사실, 그는 거짓말을 하고 있다. 비록 취했어도 월요일에 다시 술을 마시려고 항상 돈 몇 푼은 남겨 두는 것이다. 그녀는 남은 돈을 빼앗으려 하지만 아르튀르는 몸부림친다.

"다 마시고 없다고 했잖아!" 그가 소리친다.

악에 받친 그녀가 그에게 달려들어 주머니를 뒤진다. 잠시 뒤 은화 몇 개가 바닥에 굴러 떨어지는 소리와 아내의 득의양양한 웃음소리와 함께 동전을 집으러 달려드는 소리가 들린다.

"자, 봐. 있잖아."

이어 욕설과 주먹질하는 소리가 들려온다. 주정뱅이의 반격이 시작된 것이다. 한번 때리기 시작하면 멈추는 법이 없다. 마치 독주 속에 들어 있던 모든 악행과 파괴의 충동이 그의 뇌까지 차오르면서 한꺼번에 밖으로 분출하는 듯했다. 아내는 울부짖고, 누추한 집에 얼마 남지 않은 가구들은 산산이 부서지고, 놀라 잠에서 깬 아이들은 무서움에 울어 댄다. 그러면 골목의 창문들이 다시 열리고 사람들은 이렇게 말한다.

"아르튀르군, 또 아르튀르야!"

가끔은 이웃에 사는 넝마주이 장인이 딸을 구하러 달려오기도 한다. 아르튀르가 방해받지 않기 위해 자물쇠를 잠그는 바람에 열쇠 구멍 사이로 장인과 사위 간에 살벌한 대화가 오간다. 그로 인해 우리는 많은 사실을 알 수 있었다.

"이 년 동안 감옥에서 썩은 것으로도 모자란 거냐, 이 망나니 같은 놈아!" 노인이 소리친다. "그래요, 나 이 년 동안 감옥에 있다 왔어요. 그래서 어쩌라고요? 적어도 나는 사회에 진 빚은 갚았다고요…… 그러니 당신도 당신 빚을 갚아야지!"

그러니까 아르튀르의 말을 요약하자면 이렇다. '나는 도둑질을 했고 당신들이 나를 감옥에 집어넣었다. 그러니 우리 사이엔 빚진 게 없다.' 그런데도 노인이 계속 그 얘기를 하면 화가 난 아르튀르가 문을 박차고 나와 장인, 장모는 물론 이웃 사람들까지 닥치는 대로 두들겨 패곤 했다.

그러나 아르튀르는 그리 나쁜 사람이 아니다. 난동을 부린 다음 날, 술을 마시러 갈 돈을 다 털리고 다시 차분해진 술꾼은 하루 종일 집에서 보내곤 했다. 그가 방에서 의자를 가지고 나와 발코니에 자리를 잡고 앉으면 웨버 부인과 마티유 부인 등이 모두 나와 그와 이야기를 나눈다. 그러면 멀쩡한 정신의 아르튀르는 마치 야간학교에 다니는 모범 노동자처럼 조곤조곤한 목소리로 이야기를 한다. 그리곤 여기저기서 주워들은 노동자의 권리니 자본가의 횡포니 하며 열변을 토한다. 지난밤의 주먹질로 온순해진 가엾은 아내는 감탄의 눈으로 그를 바라본다. 그렇게 바라보는 사람은 아내뿐만이 아니다.

"아르튀르가 정신만 차린다면!" 웨버 부인이 한숨을 내쉬며 중얼거린다. 그러고 나서 여인들은 그에게 노래를 시키고, 그는 베랑제의 '제비'를 부른다.

오! 그 목구멍에서 터져 나오는, 거짓 눈물로 가득한, 어리석은 노동자의 감성이여! 곰팡이 핀 베란다에서, 기름때 낀 벽지 아래로, 빨랫줄에 널린 누더기 옷들 사이로 파란 하늘 한쪽이 보이고 자기만의 이상에 굶주린 이 방탕아는 눈물을 머금은 눈으로 저 높은 곳을 바라본다.

하지만 이 모든 것도 다음 토요일이면 아르튀르가 급료를 받아 술을 퍼마시고 자기 아내를 두들겨 패는 걸 막지 못했다. 또한 이곳에는 자기 아버지 나이가 되면 급료를 술로 다 탕진하고 아내를 두들겨 팰 어린 아르튀르들이 수없이 자라나고 있었다. 그리고 이런 인간들이 세상을 지배하고 싶어 하는 것이다! '아! 이건 정말 병이야!'라고 말하는 내 이웃들의 말처럼.

세 번의 경고

내 이름이 벨리세르인 것이 사실이듯, 내가 손에 대패를 쥔 목수인 것이 사실이듯, 티에르 신부님이 방금 우리에게 한 설교가 우리를 감화시켰다고 생각한다면 파리 민중에 대해 전혀 모르고 있는 것입니다. 보시다시피, 그들이 우리를 몽땅 총살해 버려도, 수용소에 처넣어도, 추방하거나 사토리 섬 끄트머리에 있는 카엔 수용소로 보내 버려도, 정어리 통 같은 배에 쑤셔 박아 버려도 소용없습니다. 파리 사람들은 폭동을 좋아합니다. 그런 성향은 아무도 막을 수 없지요! 그런 피를 타고난 걸 어떻게 합니까? 우리를 즐겁게 하는 것은 정치가 아니라 그것이 만들어 내는 소동입니다. 공장들이 문을 닫고, 사람들이 모여들고, 이리저리 몰려다니고, 그 밖의 뭐라 표현할 수 없는 것들이 있습니다.

이런 것을 이해하려면 나처럼 오릴롱 가의 목공소에서 태어나 여덟 살부터 열다섯 살까지 견습공으로 있으면서 대팻밥을 가득 실은 손수레를 끌고 교외를 달려 봐야 합니다. 아! 정말 나는 그 시절 혁명이라는 것을 제대로 맛보았습니다. 키가 어른들 장화에도 못 미치던 꼬마 때부터 나는 파리에 소요가 일어나는 곳이라면 어디든지 쫓아다녔다고 할 수 있습니다. 언제 어디서 소요가 일어날지를 귀신같이 꿰고 있었지요. 노동자들이 교외의 거리를 메우고 팔짱을 끼고 행진하거나, 여자들이 문 앞에서 손짓을 하며 속닥거리거나, 사람들이 무리 지어 파리 성문으로 몰려드는 것을 보면 대팻밥을 나르던 나는 이렇게 중얼거리곤 했습니다. '좋아! 또 무슨 일이 벌어지겠군.'

내 예상은 틀리지 않았습니다. 저녁때 집으로 돌아오면 목공소는 사람들로 가득했지요. 아버지 친구 분들은 작업대 주변에서 정치 이야기를 하고 이웃 사람들은 아버지에게 신문을 갖다 주었습니다. 그 당시에는 지금처럼 일 수짜리 신문은 없었기 때문에 같은 건물 사람들 중 신문을 보고 싶은 사람들이 돈을 걷어 층마다 신문을 돌려보곤 했습니다. 항상 일만 하던 아버지는 새로운 소식에 화를 내며 대패를 집어던지시곤 했습니다. 그리고 우리가 식탁에 앉으려 하면 어머니는 늘 이렇게 말씀하셨지요.

"얌전히들 있어라. 아버지가 정치 때문에 기분이 별로 안 좋으시단다."

나는 정치적인 큰 문제는 잘 몰랐지만, 하도 자주 듣다보니 저절로 머릿속에 박혀 버린 말들이 있었지요. 예를 들자면 이런 겁니다.

"망할 기조 녀석이 강으로 튀어 버렸다지!"

나는 기조라는 사람이 누군지도 몰랐고 강으로 갔다는 것이 무엇을 의미하는지도 몰랐습니다. 하지만 상관없었지요! 그저 남들처럼 "망할 기조 녀석…… 망할 기조 녀석!"이라고 떠들고 다니면 됐으니까 말입니다.

아무 생각 없이 '망할 놈'으로 불렀던 가엾은 기조 씨를 나는 점점 오릴롱 거리 모퉁이를 지키던 키 큰 경찰관과 혼동하게 되었습니다. 그는 늘 대팻밥 손수레 문제로 나를 괴롭혔습니다. 우리 동네에서 그 경찰관을 좋아하는 사람은 아무도 없었습니다. 아이들은 물론 개들까지 그를 싫어했지요. 오직 포도주 장수만이 그의 환심을 사려고 가끔씩 가게 문 너머로 포도주 한 잔을 내어 주곤 했습니다. 그러면 키 큰 경찰은 모른 척 다가와서 혹시 자기 상관이라도 있는지 좌우를 살핀 뒤 단번에 쭉 마셔버리는 겁니다. 나는 그렇게 술을 빨리 마시는 사람을 본 적이 없었습니다. 장난기 많은 사람은 그가 술을 마시려 팔꿈치를 허공에 올리는 순간, 뒤로 가서 이렇게 소리치곤 했습니다.

"조심해! 단속반이다!"

이렇게 파리 사람들에게 골탕 먹는 건 언제나 마을의 경찰들이었지요. 사람들은 이 불쌍한 악마들을 습관적으로 미워했고 마치 개를 보듯 했습니다. 정부에서 멍청한 짓을 하면 그 대가를 치르는 것은 바로 이 마을의 경찰들이었지요. 그러다 혁명이라도 일어나면 장관들은 베르사유로 도망쳐 버리고 경찰들만 운하 속에 처박히고 마는 겁니다.

조금 전에 이야기했다시피, 파리에 무슨 일이 나면 나는 가장 먼저 알아차리곤 했습니다. 그런 날이면 동네 아이들이 모두 약속을 잡고 성문 앞으로 달려갑니다. 그중 몇 명이 이렇게 외쳐 댑니다.

"몽마르트 거리다…… 아니야, 생 드니 성문이야!"

그쪽으로 일이 있어 갔던 사람들은 결국 길이 막혀 화를 내며 돌아오곤 했습니다. 여자들은 빵집으로 뛰어가고 사람들은 대문을 걸어 잠급니다. 그러면 우리들은 신이 나서 노래를 부르고, 폭풍이 오는 날처럼 좌판과 광주리를 급히 거둬들이던 행상들과 부딪치며 달려갑니다. 어떤 때는 운하에 다다랐는데 이미 수문 다리들이 닫혀 있기도 했습니다. 마차와 짐수레들은 모두 그곳에 멈춰 서 있었습니다. 마부들은 욕을 해 댔고 사람들은 불안해하며 웅성거리고 있었습니다. 우리는 탕플 거리에서 관문으로 빠지는, 높은 계단의 육교를 뛰어올라 큰길로 나섰습니다.

사순절 화요일이나 폭동이 일어나는 날의 대로변처럼 재미있는 곳은 없습니다. 마차 같은 것도 없고 우리는 맘껏 큰 길을 뛰어다닐 수 있기 때문이지요. 우리들이 지나가는 것을 본 동네 상인들은 일이 터진 걸 눈치 채고 재빨리 가게 문들을 닫습니다. 그리고 이내 덧문까지 닫아 걸어 버리지요. 하지만 문을 걸어 잠근 사람들은 어느새 자기 집 앞에 나와 있습니다. 세상 그 무엇도 파리 사람들의 호기심을 이길 것은 없을 겁니다.

어느새 거리는 군중들의 검은 물결로 넘쳐납니다. 이제 때가 된 겁니다! 잘 보기 위해서는 맨 앞줄에 서야만 합니다. 하지만, 그러려면 얻어맞을 각오도 해야 하지요……. 어쨌든 밀고 부딪치고 사람들 다리 사이를 빠져나가 우리는 맨 앞줄에 도달합니다. 일단, 사람들의 맨 선두 자리에 서게 되면 안도의 한숨이 나오면서 우쭐한 기분이 듭니다. 수고한 만큼 충분히 멋진 광경이 펼쳐질 테니까요.

설사 보카주나 멜랭그 같은 배우들을 실제로 본다 해도 무인지경의 거리 저쪽 끝에서 스카프를 두른 경찰서장이 천천히 걸어오는 모습을 볼 때처럼 가슴이 뛰지는 않을 겁니다. 사람들이 소리칩니다.

"서장이다! 서장이야!"

막상 나는 한마디도 할 수 없었습니다. 그저 알 수 없는 두려움과 흥분에 휩싸여 입을 앙다물고 있었죠. 마음속으로 이런 생각을 하면서 말이지요.

'서장이 온다…… 조금 후 그가 몽둥이질을 하면 재빨리 도망쳐

야지.'

하지만 막상 내 눈을 사로잡은 것은 그의 몽둥이가 아니었습니다. 이 엉뚱한 인물은 어디 초대라도 받아 가는 듯 검은 예복에 스카프를 두르고 군모나 삼각모 대신 커다란 신사 모자를 쓰고 있었습니다. 무척이나 인상적인 모습이었지요! 한차례 북소리가 울려 퍼진 뒤 서장은 뭐라고 중얼대기 시작했습니다. 사방은 조용했지만 서장이 너무 멀리 있어 그의 목소리는 공중으로 흩어지며 "음……음……음……." 하는 소리만 겨우 들릴 뿐이었습니다.

하지만 우리는 군중집회에 대한 서장의 규율을 이미 잘 알고 있었습니다. 몽둥이질이 시작되기 전 우리가 세 번의 경고를 받을 권리를 가지게 되는 겁니다. 그래서 첫 번째 경고가 발효되었을 때는 모두들 꼼짝 않고 주머니에 손을 넣은 채 가만히 서 있지요. 이어 두 번째 경고의 북소리가 울리면 조금 겁을 먹고 어디로 도망칠지 좌우를 살피기 시작합니다. 그리고 세 번째 경고가 울리면, 후다닥! 자고새가 날아가듯 모두들 흩어집니다. 이어 고함 소리와 울음소리가 들리고 앞치마와 모자, 군모 등이 공중으로 날아다니기 시작하면 그 위로 몽둥이세례가 퍼부어집니다. 정말이지, 어떤 연극도 이만큼 감동을 주지는 못할 겁니다. 누군가 이 광경을 다 설명하려면 일주일은 이야기해야 할 겁니다. 그리고 마침내 이렇게 말하며 으스대겠죠.

"난 그 세 번째 경고 소리를 들었지!"

하지만 이런 놀이를 위해선 자기 살점 한 토막쯤 내놓는 위험은 감수해야 합니다. 한번은 생-에스타슈에서 그런 일이 있었죠. 서장이 무슨 생각으로 그랬는지 모르지만, 두 번째 경고밖에 하지 않았는데 경찰들의 몽둥이질이 시작된 겁니다. 물론 나도 멍청하게 서 있지만은 않았지요. 그러나 내 짧은 다리로 아무리 줄행랑을 쳐 봐도 소용이 없었습니다. 경찰 하나가 쫓아와 따라붙더니 바로 뒤에서 몽둥이로 두서너 번 바람을 일으켰지요. 그리고 결국엔 머리를 정통으로 얻어맞고 말았습니다. 오, 하느님! 정말 엄청난 충격이었습니다. 전에는 한 번도 보지 못했던 섬광이 눈앞에 번쩍였지요. 사람들이 머리를 다친 나를 집까지 데려다 주었습니다. 그렇다고 내 버릇이 고쳐졌을까요, 천만에요! 가엾은 어머니가 내 머리에 물수건을 얹어 주실 때마다 나는 이렇게 소리치곤 했답니다.

"내 잘못이 아니란 말이에요. 그 비열한 서장 놈이 우릴 속였다니까요? 경고를 두 번밖에 하지 않았다고요!"

첫 공연
-작가 소감

여덟 시 공연이다. 오 분 후면 막이 오른다. 무대장치 기술자, 무대감독, 소품 담당자들이 모두 자리에 있다. 1막에 등장하는 배우들이 준비를 갖추고 있다. 나는 마지막으로 커튼 틈을 내다본다. 객석은 만원이다. 천오백여 명의 사람들이 계단식 좌석에 앉아 조명 속에서 웃으며 술렁이고 있다. 내가 아는 사람들의 얼굴 몇몇도 보인다. 그러나 그들은 평소에 내가 알던 그 사람들이 아니다. 잘난 체하는 표정들, 거만하고 독선적인 모습들, 권총처럼 나를 겨냥하고 있는 쌍안경들도 보인다. 한쪽 구석에 불안과 기대로 창백해진 몇몇 친지들의 얼굴들도 보인다. 그런데 무관심과 반감에 찬 얼굴들은 또 왜 이리 많은지! 이 사람들이 밖에서부터 가져온 걱정과 무료함, 편견과 불신 등을 다 날려 버려야 한다. 그들의 무료함과 불신을 뚫고 이토록 많은 사람들의 생각을 하나에 집중시켜야 한다! 그래서 이들의 차가운 두 눈에 내 연극으로 생명의 불꽃을 지펴야 하는 것이다! 지금이라도 막이 오르는 것을 막고 시간을 끌고 싶다. 하지만 그럴 수 없다! 너무 늦었다. 세 번의 지휘봉을 두드리는 소리와 함께 오케스트라가 악기를 조율하는 소리, 그리고 거대한 침묵. 무대 뒤에서 희미한 소리가 들려왔지만 그 소리는 저 멀리 넓은 객석 안으로 사라져 버린다. 드디어 나의 작품이 시작된다. 세상에! 대체 내가 무슨 짓을 한 건가?

끔찍한 순간이다. 어디로 가야 할까? 무슨 일이 벌어질까? 귀를 쫑긋 세우고 가슴을 졸이며 무대 조명 장치에 바짝 달라붙어 있다. 스스로 용기가 필요한 순간, 배우들에게 용기를 북돋아주고 이해할 수 없는 말을 하고, 정신이 나간 듯 멍한 눈길로 미소를 지어 보인다. 아, 차라리 객석으로 들어가 이 위기를 정면으로 마주해야겠다!

특별석 깊숙한 곳으로 몸을 숨긴다. 지난 두 달 동안 내 작품 주위를 떠다니던 무대 먼지도, 내가 일일이 체크했던 동작과 목소리들도, 장면의 전환이나 무대장치에서 문의 여닫음과 가스 조명 높이들까지 마치 나와는 아무 상관이 없는 듯, 무심하고 초연하게 관객의 입장이 되어 보려고 노력한다. 무척이나 낯선 느낌이다. 귀를 기울이려 하지만 아무것도 들리지 않는다. 모두가 불편하고 혼란스러울 뿐이다. 칸막이석의 열쇠 부딪히는 소리, 의자 끄는 소리, 전염된 듯 퍼지는 기침 소리, 부채 소리, 옷감 바스락 거리는 소리…… 이 작은 소음들이 어마어마한 크기로 들려온다. 또한 적대적인 행동이나 태도, 불만에 찬 뒷모습, 지루한 듯 축 늘 어뜨린 팔꿈치들이 무대를 막아선다.

내 앞에 코안경을 쓴 청년 하나가 심각한 표정으로 메모를 끼 적거리며 내뱉는다.

"유치하네."

옆의 칸막이 관람석에서는 낮은 목소리들이 속삭인다.

"내일인 거 알고 있지?"

"내일이라고?"

"그래. 틀림없이 내일이야."

저 사람들에게 내일은 아주 중요할 테지만 나에게는 오로지 오 늘밖에 없다! 이런 어수선함 가운데서 나의 대사는 한마디도 사 람들의 가슴에 가서 박히지 않는다. 배우들의 목소리는 객석을 울리는 대신 맥 빠진 박수 소리와 함께 조명 장치 언저리를 맴돌 거나 프롬프터 속으로 맥없이 떨어져 버린다. 저 위쪽에 앉은 신 사는 무엇에 저리도 화가 난 걸까? 이젠 정말 두렵다. 나는 그만 뛰쳐나가고 만다.

밖으로 나온다. 비가 오고 하늘은 검다. 하지만 나는 그걸 알아 채지 못한다. 칸막이 좌석과 일반 객석에 줄지어 앉은 관객들의 머리가 눈앞에서 소용돌이친다. 그 한가운데, 조명을 받고 있는 무대는 내가 멀어짐에 따라 정지된 하나의 점으로 점차 희미해져 간다. 아무리 걸어도 또 몸부림쳐도 빌어먹을 무대가 아른거리고, 이미 다 꿰고 있는 장면들이 머릿속에서 공연을 계속하고 있다. 몸을 부딪치며 지나가는 사람들, 진흙탕, 거리의 소음들이 나를 괴롭히는 악몽과 뒤섞인다. 큰길 한구석에서 들리는 휘파람 소리에 발을 멈춘다. 나는 화들짝 놀란다. 바보같이! 여긴 합승마차 매표소가 아닌가. 나는 계속 걷는다. 비는 더 세차게 내린다. 내 연극의 무대들도 물에 젖고 비에 뜯겨 나갔다. 그리고 나의 배우들이 창피함에 고개를 푹 숙인 채 가스등과 빗물로 반짝이는 거리를 질척질척 걸어온다…….

이런 우울한 생각들을 떨쳐 버리려 카페로 들어간다. 책을 읽으려 애쓴다. 하지만 글자들이 서로 겹쳐졌다가 열을 지어 빙글빙글 춤춘다. 이 글자들이 무엇을 말하려 하는지 알 수 없다. 글자들은 모두 낯설고 의미는 텅 비어 있다. 몇 년 전 날씨가 무척 사납던 날 바다 위에서 책을 읽은 적이 있다. 물이 넘치는 선실에 웅크리고 있다가 영어 문법책 한 권을 발견했다. 파도가 솟아오르고 돛대가 뜯겨 나가는 가운데 두려움을 잊기 위해, 갑판 위로 몰아치는 시퍼런 파도를 보지 않기 위해 나는 사력을 다해 영어의 'th' 발음에 집중했다. 하지만 아무리 소리 높여 읽어도, 단어들을 반복해 외워도 소용이 없었다. 바다의 함성과 활대 높은 곳에서 들려오는 날카로운 바람 소리로 가득 차 버린 머릿속엔 아무것도 들어오지 않았다.

지금 내가 들고 있는 신문은 그때의 영문법만큼이나 이해하기 힘들다. 하지만 앞에 펼쳐 든 커다란 신문에 억지로 시선을 고정시키자, 빽빽한 행간 사이에 내일 자 기사가 펼쳐지고 불쌍한 내 이름이 가시덤불과 날카로운 잉크의 물결 속에 발버둥치는 모습이 보인다. 그 순간 갑자기 가스등 불빛이 사위어 들고 카페는 문을 닫는다.

벌써?

몇 시나 되었을까?

거리는 사람들로 가득하다. 사람들이 극장에서 쏟아져 나왔기 때문이다. 내 작품을 보고 나오는 사람들과도 마주치게 될지도 모른다. 그들에게 묻고 싶다. 알고 싶다. 하지만 큰 목소리로 떠들어 대는 반응들을 듣지 않으려고, 길 한복판에서 평을 듣지 않으려고, 나는 발걸음을 재촉한다.

아! 집으로 돌아가는 저 사람들은, 한 번도 작품을 만들어보지 않은 저 사람들은 얼마나 행복할까?

나는 다시 극장 앞에 와 있다. 문은 닫히고 불도 꺼져 있다. 정말이지 오늘 밤엔 아무것도 알 수 없을 것이다. 비에 젖은 포스터와 아직도 문에서 깜박거리는 초롱불 앞에서 나는 그만 거대한 슬픔에 휩싸이고 만다.

조금 전까지 북적대던 소음, 길 한 모퉁이에서 불빛 속에 서 있던 커다란 건물은 마치 불에 타 버린 듯 빗물을 뚝뚝 흘리며 어두운 침묵 속에서 쓸쓸히 서 있다.

자! 이제 끝났다. 여섯 달 동안의 작업과 꿈과 피로와 희망……
이 모든 것들은 가스등 불꽃에 타올라 모두 사라지고 말았다.

치즈 수프

이곳은 6층에 있는 조그만 방이다. 방 천장에 난 유리창으로 비가 곧바로 떨어지게 되어 있어, 지금과 같은 밤이면 어둠과 회오리 속으로 다락방이 지붕과 함께 사라져 버릴 것만 같다.

하지만 방은 상태가 좋고 아늑해서 들어서면 왠지 편안함이 느껴진다. 바람 소리와 빗물받이로 흐르는 빗물이 이런 느낌을 더해 준다. 마치 커다란 나무 꼭대기의 새 둥지처럼 포근해 보이는 방이다. 하지만 둥지는 지금 비어 있다. 집주인이 거기에 없는 것이다. 하지만 주인이 곧 돌아올 모양인 듯, 집안의 모든 것들은 주인을 기다리고 있다. 덮개 달린 성능 좋은 난로 위에는 작은 냄비가 만족스러운 소리를 내며 조용히 끓고 있다. 냄비가 끓기엔 조금 늦은 시간이다. 옆구리가 불에 그슬린 것으로 보아 냄비는 자기 임무를 다하고 있는 듯하다. 하지만 이따금 조바심이 나는지 김을 뿜어내며 뚜껑을 들썩인다. 그럴 때마다 맛있는 더운 김이 피어올라 방안으로 퍼진다.

오! 치즈 수프의 맛있는 냄새…….

이따금 난로의 덮개가 어긋난다. 장작에서 피어오른 재와 작은 불씨들이 마루에 떨어져 바닥을 밝혀 주며 마치 모든 것이 잘 되고 있음을 지켜보고 확인해 주는 듯하다. 정말로 그랬다! 모든 것이 잘 되어 가고 있고 주인은 아무 때나 돌아오기만 하면 된다.

창문에 친 알제리풍 커튼이 침대 주위를 안락하게 감싸고 있다. 반대쪽 벽난로 가까이에는 커다란 소파가 길게 놓여 있다. 한쪽 구석에는 언제든 불을 밝힐 준비가 되어 있는 램프와 테이블이 있고 그 위에는 일인용 식기들이 놓여 있다. 그리고 식기 옆에는 외로운 식사의 동반자가 되어줄 책도 한 권 있다. 냄비가 불에 그슬린 것처럼 꽃병 속의 꽃들은 물속에서 빛이 바랬고 책 모서리는 구겨져 있다. 이 모든 것들에서 익숙함이 주는 애잔함과 피로감이 느껴진다. 우리는 이 집의 주인이 매일 밤늦게 돌아오며, 집에 돌아올 때면 은은히 익어가는 음식 냄새가 방안을 떠도는 걸 좋아한다는 사실을 짐작할 수 있다.

오! 치즈 수프의 맛있는 냄새……

그 방의 청결함으로 미루어, 집주인이 직장인이며 일정한 근무 시간과 체계적인 정리 정돈이 생활화되어 있는 사람이라 상상할 수 있다. 밤늦게 돌아오는 걸로 보아 우체국이나 전신국에서 야간 근무를 하는지도 모른다. 나는 면 토시에 작은 모자를 쓴 그가 창살 뒤에서 편지들을 분류하고, 스탬프를 찍고, 파란색 전보용지를 실타래에 감으면서, 놀고 있거나 잠들어 있는 파리를 위해 내일을 준비하는 모습을 본다.

하지만 아니다. 짐작은 빗나갔다. 벽난로의 작은 불빛이 벽에 걸린 커다란 사진들을 비추자 금빛 테두리 속에 근엄하게 차려입은 아우구스투스 황제와 무함마드, 펠릭스, 로마 기사, 아르메니아 군주들의 모습이 드러난다. 왕관들과 투구 등으로 다르게 꾸몄지만 근엄하고 꼿꼿하게 머리를 쳐든 머리들은 모두 한 사람의 것이다. 이 향기로운 수프는 바로 이 행복한 영주를 위해 따뜻한 불 위에서 조용히 끓고 있는 것이다.

오! 치즈 수프의 맛있는 냄새…….

확실히 방주인은 우체국 직원이 아니다! 그는 황제이며 이 세상의 주인이다. 매일 저녁마다 연극 공연으로 오데옹 극장의 둥근 천장이 쩌렁쩌렁 울리게, "근위병, 저자를 잡아들여라!" 한마디만 하면 근위병들이 복종해야 하는, 하늘의 축복을 받은 사람이다. 그는 지금 강 맞은편의 자기 궁전에 있다. 굽 높은 반장화를 신고 어깨에 망토를 두른 그는 회랑 아래를 배회하며 열변을 토하고, 눈썹을 찌푸리고, 귀찮다는 표정으로 위엄을 과시하며 비극적인 독백을 뱉어낸다. 사실, 빈 객석의 의자들 앞에서 연기를 한다는 것은 무척 서글픈 일이다! 더구나 비극이 상연되는 저녁이면 오데옹 극장은 더욱 넓고 썰렁해 보인다! 그런데 자줏빛 외투 아래 반쯤 얼어 있던 황제의 온몸에 갑자기 열기가 퍼진다. 그의 눈이 빛나고 코가 뚫린다. 집으로 돌아가면 그를 반길 따뜻한 방과 준비된 식사, 언제든 불을 밝힐 수 있는 램프, 그리고 잘 정리되어 있는 집 안의 물건들이 그의 머릿속에 떠오른 것이다. 흐트러진 무대에서의 생활을 개인의 일상에서 만회하려는 배우의 소시민적인 자기 배려이다. 상상 속에서 그는 냄비를 들어 수프를 꽃무늬 접시에 따른다.

오! 치즈 수프의 맛있는 냄새!

이제부터 그는 더 이상 집주인이 아니다. 빳빳하게 주름 잡힌 망토와 대리석 계단, 낯선 회랑도 그를 불편하게 만들지 않는다. 그는 연기에 신경을 집중하고 몰입하며 액션을 취한다. 생각해 보라! 저 집의 난로에 불이 꺼져 가는 것을…… 밤이 될수록 그의 상상은 다가와서 그에게 활기를 준다. 기적이다! 오데옹 극장의 추위가 녹아내린다. 일등석의 단골 노인 관객들이 무감각 상태에서 깨어난다. 그리고 마지막 장면, 마랑쿠르의 연기가 특히 훌륭하다고 생각한다. 대단원에 이르러 배신자들을 단검으로 처단하고, 공주들은 결혼하고, 마침내 황제의 얼굴에 완전한 행복감과 평온함이 깃든다. 감정의 변화와 긴 독백으로 비어 버린 위장은 그를 마치 자기 집의 조그만 식탁 위에 앉아 있는 듯한 착각에 빠뜨린다. 그리고 킨나에게서 막심으로 옮겨 가는 그의 시선은 벌써 잘 끓인 치즈 수프를 숟가락으로 뜰 때 따라 올라오는 하얀 치즈 실타래를 보고 있다.

마지막 책

"그가 죽었어요!" 층계에서 누군가 내게 말했다.

벌써 며칠 전부터 나는 그 애통한 소식을 예감하고 있었고 언젠가 이 문 앞에서 그의 죽음과 맞닥뜨리게 되리라는 사실을 알고 있었다. 하지만 그의 죽음은 내게 전혀 예상치 못했던 충격으로 다가왔다. 애달픈 마음으로 입술을 떨며 나는 문인의 초라한 집 안으로 들어섰다. 집안에서 서재는 가장 중요한 자리를 차지하고 있었다. 폭군과도 같은 학문은 그의 집안에서 가장 안락하고 밝은 자리를 차지하고 있었다.

그는 높이가 낮은 철제 침대 위에 누워 있었다. 종이가 가득 쌓인 그의 책상과 노트의 한 페이지에서 멈춰 버린 큰 글씨, 잉크병에 그대로 세워져 있는 펜은 그의 죽음이 얼마나 급작스레 찾아왔는지를 말해 주고 있었다.

침대 위쪽에는 그의 머리와 거의 맞닿을 듯 높은 참나무장이 놓여 있었고 반쯤 열린 문틈으로 수기 원고들이며 각종 서류들이 쌓여 있는 게 보였다. 주변에는 온통 책, 책, 책들뿐이었다. 책장과 의자, 책상 위에도 책이 놓여 있었고 방바닥 네 귀퉁이와 침대 다리 밑에도 책이 쌓여 있었다.

이렇게 난장판으로 어질러져 있지만, 책상에 앉아 집필할 때에는 그래도 먼지가 쌓이지 않은 이 서재가 그를 눈을 즐겁게 해 주었을 것이고, 작업 중에는 생명의 열기도 느껴졌을 것이다. 하지만 시신이 있는 방 안에는 침울함뿐이었다. 여기저기 흩어지고 쌓여 있는 가련한 책들은 이제 중고 서점으로 흩어져 바람이나 산책하는 사람들의 손길 아래서 책장을 흩날릴 준비를 하고 있는 듯했다.

나는 침대 위에 누워 있는 그에게 입을 맞추었다. 그리고 돌처럼 차갑고 무거운 이마의 감촉을 느끼고는 그를 물끄러미 바라보았다. 그때, 갑자기 문이 열렸고 한 서점 직원이 짐을 가득 들고 숨을 헐떡거리며 들어왔다. 그리곤 쾌활한 동작으로 막 인쇄를 끝낸 책 꾸러미를 책상 위에 올려놓았다.

"바슐랭에서 보낸 겁니다." 직원이 큰 소리로 말했다.

하지만 곧 직원은 침대 쪽을 보고 흠칫 놀라 뒷걸음질 치더니 모자를 벗고 조심스럽게 물러났다.

바슐랭 출판사에서 보내온 책은 퍽이나 아이러니한 물건이었다. 아픈 사람이 그토록 초조하게 기다렸건만 한 달을 넘겨 그가 죽고 난 뒤에야 도착한 것이다. 불쌍한 친구! 그토록 기다렸던 책은 그의 마지막 작품이 되고 말았다. 열에 들떠 떨리는 손으로 얼마나 정성껏 원고를 수정했을까! 책 초판을 받아 보려고 또 얼마나 서둘렀을까! 죽기 얼마 전, 제대로 말조차 못하게 되었을 때에도 그의 눈은 항상 문 쪽을 향해 있었다. 책을 만든 인쇄공, 식자공, 제본공들이 그의 초조함과 기다림의 눈빛을 볼 수 있었다면, 더욱 손놀림을 재촉하여 글자들을 배열하고 페이지를 앉혔을 터이고, 책을 시간 내에 완성하여 죽어 가는 저자가 새 책 냄새와 선명한 활자의 속에서 가물가물 흐려지기 시작한 자기 생각들을 새로이 발견해 내는 기쁨을 누리도록 해 주었을 것이다.

　아직 생명력이 넘쳐나는 시기에도 문인에게 결코 놓칠 수 없는 행복이 하나 있다. 막 인쇄되어 나온 자신의 작품을 펼쳐 눈으로 확인하며, 이제까지의 머릿속에 혼란스럽게 떠돌던 열정이 아닌, 생생하게 인쇄된 활자를 통해 그것을 느끼는 일이다. 그것은 얼마나 감미로운 느낌인지! 머릿속을 환하게 밝히며 누워 있는 파랑과 노랑의 반짝이는 글자들을 바라보는 일은 젊은 여러분들에게 아찔한 현기증을 불러일으키리라. 그리고 좀 더 나이가 들게 되면 이런 발견의 기쁨은 말하고자 했던 바를 다 하지 못했다는 후회가 주는 약간의 서글픔과 섞이게 된다. 완성되어 구체화

된 작품들은 가슴속에 품고 있는 것보다 언제나 덜 아름다워 보이기 때문이다. 머리에서 손으로 옮겨지는 동안 얼마나 많은 것들이 사라져 버리는가! 우리가 꿈꾸는 바대로라면, 책 속의 관념들은 희미한 색조로 바다를 지나는 지중해의 예쁜 해파리들을 닮았다. 한 줌의 탈색된 물이었다가 모래 위로 올라오면 곧 바람에 말라 버리고 마는……

아! 하지만 우리의 가엾은 친구는 자신의 마지막 책에서 이런 기쁨이나 실망조차도 느끼지 못한 것이다.

베개 위에서 미동도 없이 잠들어 있는 무거운 머리와 이제 곧 서점의 진열대에 올라 거리의 소음과 일상 속에 섞이게 될 새 책을 함께 두고 본다는 것은 참으로 서글픈 일이었다. 지나가던 행인들은 무심코 이 책의 제목을 보고, 밝은 색 책 표지 위에 경쾌하게 새겨진 (그리고 이제 곧 시청의 사망자 명부에도 올려질) 작가의 이름과 책의 제목을 시선 깊은 곳에, 그리고 기억 속에 간직하게 될 것이다.

이는 마치 곧 땅속에 묻혀 기억 속에서 사라질 뻣뻣한 육신과 작가에게서 떨어져 나와 눈앞에서 생생하게 살아남는 영혼의 관계처럼, 육신과 영혼의 문제를 한꺼번에 보여 주는 듯하다.

"책을 한 권 주시겠다고 약속했는데……" 갑자기 내 옆에서 낮게 울먹이는 목소리가 들렸다.

나는 돌아보았다. 그리고 금테 안경 아래로 민첩하게 두리번거리는 작은 눈을 알아보았다. 나를 비롯해 글을 쓰는 동료들이라면 다 아는 사람이었다. 책의 출간이 알려지면 대문 앞으로 달려와 주저하듯 소심하게 문을 두드리는 책 수집광이었다. 이처럼 허리를 굽히고 웃음을 지으며 들어와서 "선생님, 선생님" 하며 주변을 배회하다 신간을 손에 쥘 때까지 결코 돌아가지 않는 것이다. 그것도 꼭 신간만을! 다른 책은 다 가지고 있는데 아직 신간이 없다고 하면서 말이다. 거절할 방법은? 하지만 그는 언제나 기막힌 시간에 찾아온다. 방금 설명했던 것처럼 작가가 즐거움에 흠뻑 빠져 있는 순간이나 신간 발송이니 헌정이니 한참 정신없는 순간을 노리는 것이다. 굳게 잠긴 문도, 냉대도, 비바람도, 먼 거리도 이 지독한 땅딸보 사내를 물러서게 하지 못한다. 아침엔 퐁프 거리에서 원로 작가 파시네 집의 작은 문을 살살 두드리고 저녁에는 마를리에서 사르두의 새 희곡을 팔에 끼고 돌아오는 그의 모습을 쉽게 볼 수 있었다. 이렇게 여기저기 찾아다니는 것만으로 그는 자신의 서가를 가득 채울 수 있는 것이다.

분명 책에 대한 과도한 열정이 그를 죽은 사람의 침대 앞까지 이끌었을 것이다.

"자! 여기 당신 몫이오." 나는 짜증스럽게 말했다.

그는 받는다기보다는 삼키듯 책을 쓸어 넣었다. 책을 주머니 깊숙이 넣은 뒤에도 그는 고개를 떨군 채 슬픈 표정으로 안경을 닦으며 아무 말 없이 서 있었다. 이자가 또 무엇을 기다리고 있는 걸까? 혹시 자기 의도를 들킨 듯해서 바로 가버리는 것이 부끄러웠던 것일까?

물론 아니었다!

책상 위의 반쯤 벗겨진 포장지 안에, 넉넉한 여백에 꽃무늬 삽화가 있는 두툼한 소장본 몇 권이 그의 눈에 들어온 것이다. 겉으로는 깊은 애도를 표하는 척하면서도 그의 눈은 온통 거기에 쏠려 있었다. 가련한 친구! 여태 그걸 곁눈질하고 있었다니…….

하지만 나의 관찰벽 또한 만만치 않았으니! 비통함에 눈물을 흘리면서도 나 또한 죽은 자의 침대맡에서 벌어지는 이 슬픈 코미디를 빠짐없이 지켜보고 있었던 것이다. 책 수집가는 눈에 띄지 않을 만큼 조금씩 몸을 움직여 책상 곁으로 다가갔다. 무심함을 가장한 그의 손이 그 책들 중 한 권 위에 올려졌다. 그는 책을 이리저리 뒤집어 보고 펼쳐 보더니 책장을 한 장 한 장 넘기기 시작했다. 그의 눈동자가 커지고 얼굴에 혈색이 돌았다. 책의 마법이 그를 이끌고 있었다. 마침내 그가 참지 못하고 책 한 권을 집어 들었다.

"생트 뵈브 씨에게 갖다 드리려고요."그가 낮은 목소리로 내게 말했다.

흥분과 떨림 속에서 그는 누군가 책을 다시 빼앗아 갈까 봐 두려워하는 듯했다. 그리고 그는 틀림없이 생트 뵈브 씨에게 갖다 주리라고 다짐이라도 하는 듯 엄숙한 목소리로 내게 이런 말을 남기고 사라져 버렸다.

"아카데미 프랑세즈 회원이신……."

내놓은 집

이가 잘 맞지 않는 나무 대문의 틈새로 정원의 모래와 길가의 흙이 뒤섞였다. 이 대문 위에는 오래전부터 벽보가 하나 붙어 있었다. 한여름엔 꼼짝 않고 햇볕에 그을리다가 가을이 되면 바람에 흔들거리는 벽보에는 '내놓은 집'이라고 쓰여 있었는데, 그 때문인지 집은 폐가를 연상케 했고 주변엔 적막감마저 감돌았다.

하지만 이 집엔 누군가 살고 있었다. 담장보다 조금 높은 벽돌 굴뚝에선 가늘고 푸르스름한 연기가 피어올랐다. 그 연기는 마치 가난한 이의 입김처럼 조용히 숨어서 쓸쓸하게 살아가는 누군가의 존재를 드러내고 있었다. 그리고 흔들거리는 대문 안쪽으로는 버려졌다거나, 내놓은 집이라거나, 이사 갈 것이라는 느낌과 달리 잘 정돈된 정원길이나 아치형 그늘막이가 보였다. 물뿌리개도 우물가에 잘 놓여 있었고 창고 옆의 원예 도구들도 헛간 벽에 가지런히 세워져 있었다. 흔히 볼 수 있는 농가와 다르지 않은 풍경이었다. 경사진 정원에 계단을 놓아 평형을 이루도록 지었는데, 그 늘진 측면 계단을 오르면 2층으로 올라가고 남쪽 계단으로 올라가면 1층이 나왔다. 건물 옆쪽은 일종의 온실 역할을 하고 있었다. 층계 위쪽엔 화분용 유리 뚜껑들과 빈 화분들이 엎어진 채 포개져 있고 다른 쪽에는 희고 따뜻한 모래 위에 제라늄과 마편초 등을 심은 화분들이 가지런히 놓여 있었다. 두서너 그루의 커다란 플라타너스 나무들과 함께 정원은 햇볕을 가득 받고 있었다. 철사와 지지대 위에서 햇살을 가득 받으며 부채꼴로 가지를 뻗은 과실나무들은 열매가 잘 자라기 위해 가지치기를 해 놓은 상태였다. 딸기나무와 덩굴손을 길게 뻗은 완두콩도 있었다. 이렇게 질서 정연하고 적막감이 흐르는 집에서 밀짚모자를 쓴 노인이 이른 아침부터 화초에 물을 주고 가지를 치고 나무를 다듬으며 하루 종일 정원을 오갔다.

노인은 그 지방에 전혀 연고가 없었다. 마을로 난 유일한 길을 다니며 빵을 배달해 주는 빵집 마차꾼을 빼고 찾아오는 사람도 없었다. 가끔씩 과수원을 하기 위해 산중턱의 비옥한 땅을 찾던 사람들이 지나가다 벽보를 보고 초인종을 누르곤 했다. 처음엔 아무 대답도 없다가 두 번 초인종을 누리면 비로소 정원 안쪽에서 천천히 다가오는 나막신 소리가 났다. 그리고 노인이 화가 난 얼굴로 문을 열었다.

"무슨 일이오?"

"집을 파실 겁니까?"

"그렇소만." 노인이 마지못해 대답한다. "그래요…… 팔려고 내
놨소. 그런데, 미리 말씀드리지만 가격이 매우 비싸다오."

그리곤 당장 문을 닫아 버리려는 식으로 빗장을 잡는 것이었다.
그의 눈은 방문자를 몰아내려는 듯 노기로 가득 차 있어서 마치
자기 채소밭과 작은 모래 정원을 지키려는 한 마리의 용 같았다.
사람들은 발길을 돌리면서, 그렇게 집을 지키고 싶으면 왜 팔려
고 내놓았는지, 혹시 노인이 미친 건 아닌지 고개를 갸웃거리곤
했다.

이 수수께끼는 곧 풀렸다. 어느 날, 이 작은 집 앞을 지나가던 나
는 큰 소리로 다투는 소리를 들었다.

"아버지, 집을 팔아야 해요, 팔아야 한다고요. 그러기로 하셨잖
아요."

이어서 심하게 떨리는 노인의 목소리가 들렸다.

"그래, 애들아, 나도 팔고 싶단다…… 봐라! 저렇게 벽보도 걸어
놓았잖니."

그때서야 나는 파리에서 작은 가게를 하는 노인의 아들이며 며
느리들이 그가 그토록 아끼는 이 집을 팔도록 강요하고 있다는
사실을 알게 되었다. 왜 그런 것인지 자세한 사연은 알 수 없었다.

하지만 확실한 것은 일이 너무 오래 걸린다고 판단한 아들, 며느리들이 이후로는 일요일마다 찾아와 불쌍한 노인을 집요하게 설득하고 재촉한다는 것이었다. 일주일 내내 경작하고 씨를 뿌린 뒤 땅조차도 휴식한다는 일요일의 평온함 속에서 다툼 소리는 길가까지 들려왔다. 파리에서 가게를 하고 있다는 아들과 며느리는 투구놀이를 하는 중에도 언쟁을 벌였다. 그들의 날카로운 목소리들 속에서 '돈'이라는 단어가 마치 부딪치는 쇳조각 소리처럼 싸늘하게 울려 퍼졌다. 저녁이 되어 모두들 돌아가면 노인은 그들을 배웅했다. 그리곤 재빨리 돌아서서는 또 일주일을 벌었다는 사실에 행복해 하며 대문을 닫는 것이다. 이렇게 해서 집은 또다시 일주일 동안 조용해질 수 있었다. 햇볕 아래 타는 작은 정원에서는 모래를 밟는 무거운 발소리와 갈퀴로 땅을 긁는 소리만 들려왔다.

그러나 한 주 한 주 지나갈수록 노인은 더욱 압박에 시달리며 고통을 받아야 했다. 파리에서 가게를 하는 아들 부부는 온갖 수단을 동원했다. 손자들을 데리고 와서 노인의 마음을 움직이려고도 했다.

"할아버지, 집이 팔리면 할아버지는 우리와 함께 사실 거잖아요. 같이 살면 좋겠어요!"

그러면서 저희들끼리 속닥대고, 정원을 이리저리 왔다 갔다 하고, 큰 소리로 돈을 계산하기도 했다. 하루는 딸들 중 하나가 악을 쓰는 소리가 들리기도 했다.

"이 헛간 같은 집은 아무 가치가 없어요. 그냥 부숴 버리는 게 낫다고요!"

노인은 아무 말 없이 듣고만 있었다. 그들은 마치 노인이 이미 죽은 듯 이야기하고 집이 벌써 헐려 버린 듯 이야기했다. 노인은 눈물을 글썽이면서도 늘 그랬던 것처럼 굽은 허리로 정원을 오가며 가지들을 쳐내고 과실들을 보살필 뿐이었다. 노인의 삶은 이미 이곳 좁은 땅에 깊이 뿌리박혀 있어서 절대로 억지로 떼어낼 수 없을 것 같았다. 사실, 노인은 누가 뭐라고 하든 간에 이 집을 떠나게 될 날을 될 수 있는 한 미루고 싶어 했다. 그 여름 더위가 덜해 버찌며 까치밥나무며 까막까치밥나무 열매에 신맛이 가시지 않으면 노인은 이렇게 혼자 중얼거렸다.

"수확이 끝날 때까지 기다리자. 수확이 끝나면 집을 바로 팔아 버려야지."

하지만 막상 수확이 끝나고 버찌 철이 지나고 나면 다시 복숭아 철이 왔고, 복숭아 철이 지나면 포도 철이, 포도 철이 지나면 눈 내릴 무렵에야 수확할 수 있는 갈색 모과 철이 오고 곧이어 겨울이 왔다. 겨울이 되어 들판이 검은색을 띠고 정원이 텅 비어 버리면 더 이상 지나가는 사람도 집을 사겠다는 사람도 없었고 일요일마다 오던 파리의 싱겁 주인들도 발길을 끊었다. 노인은 이석 달의 긴 휴식 기간 동안 씨앗을 준비하고 과일나무들을 손질

했다. 그 사이 쓸모가 없어진 벽보는 길 위에서 흔들리다가 비바람에 뒤집히곤 했다.

노인이 집을 사러 온 사람들을 쫓아내기 위해 갖은 방법을 다 써왔다는 사실을 알게 된 자식들은 마침내 큰 결단을 내렸다. 며느리들 중 가게를 한다는 키 작은 여자가 내려와서 노인 곁에서 살기로 한 것이다. 가게를 한다는 키 작은 며느리는 아침부터 화장을 하고는, 길 가는 사람들에게 장사치 특유의 겉치레뿐인 친절과 아양을 떨어 댔다. 마치 집 앞의 거리마저 자기 소유라 생각하는 듯했다. 그녀는 문을 활짝 열어 놓고는, 지나가는 사람들에게 미소를 지으며 말했다.

"들어와 보세요! 내놓은 집이랍니다."

가엾은 노인에겐 이제 휴식도 없었다. 며느리의 존재를 애써 잊으려는 듯 노인은 몇 차례에 걸쳐 새로 씨를 뿌리고 밭을 맸다. 마치 죽음을 앞둔 사람이 이런 저런 계획을 세우면서 공포를 잊으려는 것과 같았다. 하지만 며느리는 온종일 노인을 쫓아다니며 그를 괴롭혔다.

"이게 다 무슨 소용이에요? 이렇게 애쓰셔 봐야 다른 사람들 좋은 일만 시켜 주는 거라니까요!"

노인은 대답하지 않고 이상하리만큼 고집스레 자기 일에 집착했다. 그에게 정원을 내버려 두는 것은 정원의 일부를 잃는 것과 다름없었으며 이는 곧 정원과 인연의 끈을 잃어버리는 것이었다.

그래서 그는 정원 길에 잡초 하나 없도록 했고 장미 나무에 불필요한 가지 하나 남겨 두지 않았다.

그러는 동안에도 집을 살 사람은 나타나지 않았다. 전쟁 통이어서 며느리가 아무리 문을 활짝 열어 놓고 길가에서 웃음을 뿌려도 길가엔 이삿짐들만 지나갔고 집 안엔 먼지만 들어올 뿐이었다. 날이 갈수록 며느리의 신경질은 심해졌다. 그러다 며느리는 파리 일 때문에 어쩔 수 없이 돌아가게 되었다. 나는 며느리가 시아버지를 닦달하고 소리 지르며 문을 두들겨 대는 소리를 들었다. 노인은 말없이 허리를 구부린 채 뻗어 오르는 완두콩 줄기만 바라보고 있었다. '내놓은 집'이라는 벽보는 여전히 같은 자리에 걸려 있었다.

올해 나는 시골에 갔다가 그 집을 다시 보게 되었다. 안타깝게도 집을 판다는 벽보는 더 이상 찾아볼 수 없었다. 찢어지고 곰팡이 긴 포스터들만 몇 장 벽에 붙어 있을 뿐이었다. 다 끝난 것이다. 그 집은 팔렸다! 커다란 회색 대문 대신 새로 칠한 푸른색 문이 보였다. 둥근 합각이 달린 푸른색 문은 열려 있어 좁은 창살 사이로 정원이 들여다보였다. 과일나무들이 있는 예전의 정원이 아니라 화단과 잔디와 인공폭포 등으로 잡다하게 꾸민 부르주아식 정원이었다. 정원의 모든 것이 층계 앞에서 흔들거리는 커다란 금속 공에 비치고 있었다. 그 금속 물체 안에서 정원 길은 꽃띠를 이루고 있었고 넓게 퍼진 사람의 얼굴도 비쳤다. 살이 찌고 얼굴이 붉은 사내가 온 몸이 땀에 젖은 채 투박한 의자에 몸을 묻고 있고, 숨을 헐떡이는 뚱뚱한 여자가 물뿌리개를 흔들며 소리쳤다.

"봉선화에 물을 열네 통이나 주었어요!"

집은 한 층이 더 올라갔고 울타리도 다시 만들어져 있었다. 아직도 페인트 냄새가 가시지 않은, 새로 꾸민 집에선 유명한 춤곡과 궁중 무도회의 폴카 곡이 피아노 연주로 요란하게 울려 퍼지고 있었다. 이 춤곡은 길가까지 울려 나와 칠월의 지독한 먼지에 섞이면서 듣는 사람을 더욱 덥게 만들었다. 커다란 꽃과 뚱뚱한 여인들의 소란, 넘쳐흐르는 듯 저속한 즐거움이 나의 가슴을 죄어 왔다. 나는 그곳에서 아주 행복해 하며 조용히 산책을 하던 그 노인을 떠올렸다. 그리고 파리에 있을 그 노인의 모습을 상상해 보았다. 밀짚모자를 쓰고 늙은 정원사의 뒷모습을 한 노인이 따분함과 자신의 무력함에 눈물을 글썽이며 가게 뒤를 어슬렁거리는 동안 작은 시골집을 판 넘치는 돈으로 새 카운터 앞에서 의기양양해 있을 며느리의 모습을……

크리스마스 이야기

1. 마레 가의 만찬

마레 가에서 탄산수를 제조하는 마제스테 씨는 루아얄 광장에 사는 친구 집에서 파티를 마치고 콧노래를 부르며 집으로 돌아오고 있었다. 생 폴 성당에서 두 시를 알리는 종소리가 들렸다.

"늦었군!" 그는 이렇게 혼잣말을 하며 걸음을 재촉했다. 하지만 길은 미끄럽고 거리는 깜깜했다. 하지만 마차라는 게 거의 없던 시대에 생긴 이 동네엔 구불구불한 길과 모퉁이 길이 많았고 옛 기사들을 위한 말뚝들이 문 앞 여기저기에 서 있었다. 이 모든 것들이 걸음을 재촉하는 데 방해가 됐다. 파티에서 마신 술 때문에 다리가 무거웠고 눈앞이 흐렸다. 하지만 결국 마제스테 씨는 무사히 집에 도착했다. 그는 장식이 달린 커다란 문 앞에 멈춰 섰다. 금장을 새로 입힌 가문의 문장(紋章)이 달빛에 빛나고 있었다. 가문의 옛 문장을 다시 칠해 상표로 바꾼 것이다.

구(舊) 네스몽 저택

현(現) 탄산수 제조인

젊은 마제스테의 집

공장에서 생산되는 모든 탄산수 병이나 명세서, 편지 첫머리엔 언제나 구 네스몽 가문의 문장이 빛나고 있다.

문을 지나자 바람이 잘 통하고 낮에 문을 열어 놓으면 밝은 빛이 거리까지 비추는 넓은 마당이 나타났다. 마당 맨 안쪽엔 무척이나 오래된 커다란 건물이 있었다. 건물의 검은 벽엔 세밀한 장식이 새겨져 있고 둥근 철제 난간과 기둥으로 장식된 발코니가 있었다. 건물 유리창은 크고 높아서 합각머리 있는 곳까지 닿아 있었고, 지붕 및 작은 지붕의 수만큼 기둥머리가 꼭대기까지 솟아 있었다. 또한 용마루 위의 슬레이트 한가운데엔 다락방의 둥근 창문이 꽃무늬 장식으로 한껏 멋을 낸 채 마치 거울처럼 나 있었다. 빗물에 씻겨 파랗게 이끼가 낀 커다란 돌계단과 벽 위로 검게 말라비틀어진 포도 덩굴이 헛간 도르래에 매달린 밧줄처럼 벽을 타고 엉켜 붙어 뭔가 고색창연한 서글픔을 자아냈다. 이곳이 바로 옛 네스몽의 저택이었다.

낮이면 이 집의 모습은 사뭇 달라져서 '금고, 가게, 공장 입구'와 같은 단어들이 낡은 벽 위에서 금빛으로 빛나며 벽들을 젊고 생기 있게 만들어 주었다. 운반차가 선로를 달려와 대문을 흔들어 대면 펜을 귀에 꽂은 점원들이 층계를 내려와 물품들을 수령했다. 마당엔 상자와 바구니, 지푸라기, 포장용 천들이 어지러이 널려 있어 이곳이 공장이라는 사실을 실감하게 해 주었다. 하지만 밤이 되어 고요가 찾아오고, 복잡하게 얽힌 지붕 위로 겨울 달이 그림자를 드리우면, 네스몽 저택은 다시 옛 귀족 저택의 위풍당당함을 드러냈다. 발코니에는 레이스가 수놓아져 앞마당은 더 넓어 보이고, 빛을 고르게 받지 못한 낡은 계단의 디딤판은 움푹 팬 것처럼 보여 마치 성당의 제단 앞에 서 있는 느낌을 주었다.

특히 그날 밤 마제스테 씨에게 자기 집은 너무나 크게 느껴졌다. 텅 빈 마당을 지나갈 때는 자기 발소리에 놀랄 정도였다. 특히 계단 층계는 너무 넓어 보여 올라가는 발걸음은 더욱 무겁게 느껴졌다. 아마도 파티에서 마신 술 때문이리라. 2층에 오른 그는 멈춰 서서 한번 심호흡을 한 뒤 창문 쪽으로 다가갔다. 유서 깊은 집에 산다는 것이 이런 것이구나! 물론 마제스테 씨는 시인이 아니었다. 하지만 달이 푸른빛 이불을 깔아주는 이 고상하고도 아름다운 마당과 하얀 두건 같은 눈을 뒤집어쓰고 잠들어 있는 귀족의 대저택을 바라보고 있으면 마치 딴 세상에 와 있는 느낌이

들었다.

"그런데 혹시…… 네스몽 가 사람들이 돌아온다면?"

그때 벨소리가 크게 울리면서 양쪽 대문이 활짝 열렸다. 대문이 너무나 빨리, 그리고 갑작스레 열리는 바람에 가로등이 모두 꺼지고 말았다. 그리고 몇 분 동안 문의 그림자 뒤쪽에서 옷깃 스치는 소리와 수군대는 소리가 어지럽게 들려왔다. 사람들이 뭔가에 대해 이야기하며 서둘러 들어오고 있었다. 시종들, 아주 많은 수의 시종들이었다! 그리고 환한 달빛을 받아 거울처럼 반짝이는 마차들도 있었다. 짐꾼들의 삐걱거리는 의자 양쪽에서 타오르던 횃불이 문 쪽에서 끼쳐온 바람에 갑자기 되살아났다. 순식간에 마당이 사람들로 북적댔다. 하지만 이런 혼란스러움은 층계 밑에서 멈추었다. 사람들은 마차에서 내려 서로 인사를 하고 이 집에 무척 익숙한 듯 대화를 하며 집 안으로 들어섰다. 층계 위에서 비단 옷깃 스치는 소리, 검이 절그럭거리는 소리가 들려왔다. 머리에 무겁고 뿌연 가루를 뿌린 듯 사람들은 하나같이 백발들이었고, 하나같이 또렷하고 나지막하며 조금은 떨리는 목소리로 말했다. 건조하고 낮은 웃음소리, 가벼운 발자국 소리가 들렸다. 그들 모두에게서 낡고 오래된 존재의 느낌이 났다. 흐릿한 눈, 잠자는 보석, 수단으로 짠 옛날 비단들…… 여기에 횃불의 불빛이 다채로운 명암을 만들어 내며 빛의 눈부심을 완화시켜 주었다. 고리를 매어 땋아 올린 머리, 칼 때문에 조금은 어색해 보이는, 무릎을 굽혀 나누는 우아한 인사, 엉덩이를 부풀린 페티코트 등 그 모든 것 위에 퀴퀴한 가루 먼지가 떠다녔다. 어느덧 이곳은 유령이 드나드는 집의 분위기를 풍기고 있었다. 횃불이 소용돌이 계단을 오르내리며 창문을 하나 둘씩 밝히고 천장 고미 다락방 둥근 창에까지 축제와 생명의 불꽃이 전해졌다. 지는 태양이 건물 창문들을 온통 빛으로 물들이듯 네스몽 저택이 온통 빛으로 환해졌다.

"이런! 저 사람들이 불을 내려 하고 있어!" 마제스테 씨가 중얼거렸다. 그는 정신을 가다듬고 마비된 것 같은 다리를 겨우 움직여 마당으로 서둘러 내려갔다. 마당에서도 이미 시종들이 크고 밝은 불을 붙이고 있었다. 마제스테 씨가 다가가 시종들에게 말을 걸었다. 하지만 시종들은 아무 대꾸도 없이 자기들끼리 아주 낮은 목소리로 이야기를 나누었다. 차가운 밤공기 속에서 그들의 입에서는 입김조차도 나지 않았다. 그나마 마제스테 씨의 불안을 달래준 것은, 이 커다란 불꽃이 똑바로 솟아오르기만 할 뿐 무엇을 태우지도 않고 열기도 없다는 사실이었다. 비로소 마음이 놓인 마제스테 씨는 층계를 지나 창고 안으로 들어갔다.

일층에 자리한 창고는 예전엔 아주 멋진 응접실이었던 게 틀림없었다. 바랜 금붙이들이 아직까지도 여기저기서 반짝이고 있었다. 천장 가득 그려진 신화 그림이 흘러간 시절의 추억처럼, 조금은 빛바랜 희미한 색조를 띤 채 문 위의 거울을 둘러싸고 둥둥 떠다니고 있었다. 안타깝게도 지금은 커튼도 없고 가구도 없었다.

서류 뭉치들과 납으로 밀봉한 사이펀 병을 가득 담은 상자들만 가득 쌓여 있고 라일락 나무만 유리창 뒤에서 검은 가지를 뻗고 있을 뿐이었다. 그런데 마제스테 씨가 안으로 들어왔을 때 창고는 빛과 사람들로 가득 차 있었다. 그가 인사를 건넸지만 아무도 그를 쳐다보지 않았다. 부인들은 새틴으로 된 외투를 입고서 기사들의 품에 안겨 격식을 차린 애교를 부리고 있었다. 사람들은 거닐고, 이야기를 나누고, 흩어졌다. 이 나이 든 멋쟁이들은 모두 자기 집에 있는 듯 편해 보였다. 창 사이의 벽에 걸린 그림 앞에서 작은 그림자 하나가 멈춰 서서 잔뜩 떨리는 목소리로 말했다.

"이게 나라니…… 내가 여기에 있다니!"

그리고는 그녀는 미소를 지으며 목공품 속에 서 있는 디아나 여신을 바라보았다. 여신은 날씬했고 얼굴은 홍조를 띠었으며 이마에 초승달을 붙이고 있었다.

"네스몽, 이리 와서 당신 가문의 문장을 좀 봐요!"

그러자 포장지 위, 마제스테라는 이름 밑에 새겨진 네스몽 가문의 문장을 보고 모두들 웃기 시작했다.

"하하! 마제스테라! 아직도 프랑스에 마제스테가 있나?"

사람들은 유쾌한 듯 손가락을 허공에 휘젓고 애교스러운 입술 모양을 지어 내며 플루트 같은 웃음소리를 끝없이 토해 냈다.

그러던 중 갑자기 누군가 외쳤다.

"샴페인이다! 샴페인!"

"그럴 리가······!"

"맞아! 정말 샴페인이야! 자, 백작부인, 빨리 작은 파티라도 엽시다."

김이 조금 빠지기는 했지만, 그들이 샴페인이라고 생각한 것은 마제스테 씨네 탄산수였다. 그러나 아무렴 어떠랴! 그들은 즉시 이것을 마셔 버렸다. 하지만 이 작고 가엾은 그림자들의 머리는 그다지 튼튼하지 못했다. 탄산수의 거품이 조금씩 이들의 기운을 북돋고 흥분시키며 춤을 추고 싶은 충동을 일으켰다. 미뉴에트가 연주되고, 네스퐁 씨가 초대한 네 명의 능숙한 바이올리니스트들이 라모의 곡을 연주했다. 모두 4분의 3박자의 빠른 템포였지만 어쩐지 슬픔이 배어 있는 곡들이었다. 우아한 노부인들이 천천히 몸을 돌리며 장중한 곡에 맞춰 인사하는 광경은 참으로 볼만했다. 장신구들과 금박을 입힌 조끼, 수를 놓은 비단 예복, 다이아몬드 단추가 달린 구두들이 음악과 함께 생기를 되찾고 널빤지 속 그림들까지 옛날 곡들을 들으며 살아나는 듯했다. 이백년 전부터 벽에 걸려 있던, 모서리가 긁히고 검게 변색된 낡은 거울도 이 음악들을 알고 있다는 듯 조용히 반짝이며 옛 추억에 젖은 채 춤추는 사람들의 희미한 모습을 비추고 있었다. 이런 우아함이 어색했던 마제스테 씨는 금고 뒤에 몸을 숨기고 그들을 가만히 지켜보고만 있었다.

점점 날이 밝아왔다. 창고의 유리문 너머로 마당이 훤해졌고 이어서 높은 창과 방들이 차례로 환해졌다. 빛이 안쪽으로 들어오면서 사람들의 얼굴이 지워져 점점 알아보기 힘들어졌다. 이제 마제스테 씨에겐 마지막까지 남아 방 한구석을 차지하고 있던 두 명의 키 작은 바이올리니스트밖에 보이지 않았다. 그리고 햇살이 그들에게 닿자 두 사람마저 연기처럼 사라졌다. 마당에는 아주 희미하긴 하지만 마차의 형태와 에메랄드로 몸을 치장한 백발의 노부인의 모습이 보였고 시종들이 포석 위에 던져버린 횃불의 마지막 불꽃도 보였다. 그리고 그 불꽃은 막 열린 대문으로 들어오던 운반 마차의 바퀴에 비친 햇빛과 뒤섞이고 있었다.

교황님이 돌아가셨다

나는 프로방스의 어느 큰 도시에서 어린 시절을 보냈다. 마을 한복판으로 복잡한 강줄기가 통과하는 활기 넘치는 도시였다. 이 도시에서 일찌감치 나는 항해의 참맛을 느끼며 뱃사람의 생활을 동경하게 되었다. 특히 생-뱅상 다리 근처에 있던 강기슭은 아직까지 다시 떠올리는 것만으로도 가슴을 뛰게 한다. 돛의 활대 끝에 매달려 있던, 〈빌려주는 배, 코르네〉라고 쓰인 간판이 생각난다. 물에 잠겨 있던 미끌미끌한 간판은 물때로 검게 변색되어 있었다. 층계 밑, 밝은 색을 새로 칠한 채 어깨를 맞대고 물살에 흔들리던 작은 보트들도 생각난다. 흰 글씨로 뒤쪽에 '벌새', '종달새' 같은 예쁜 이름들을 달고 있어서인지 보트들은 한결 가벼워 보였다.

하얀색의 긴 노들을 언덕에 세워 말리며 그 사이를 페인트 통과 큰 붓을 가지고 오가던 코르네 영감님의 모습도 생각난다. 햇볕에 그을리고 튼 얼굴에 서늘한 저녁 바람이 만들어낸 물결처럼 주름이 많던, 아! 그 코르네 영감님! 그는 내 어린 시절의 사탄이자 서글픈 열정, 죄악과 회한의 근원이었다. 그의 보트로 인해 나는 얼마나 많은 죄악을 저질렀던가! 그로 인해 나는 학교를 빼먹고 책을 팔아버렸다. 하지만 오후까지 배를 저을 수만 있다면 그 무엇이라도 팔아먹었을 것이다!

수업 노트는 배 한구석에 던져 버리고 웃통을 벗고 모자는 뒤로 돌려쓴 채, 물 위에서 불어오는 바람에 기분 좋게 머리카락을 날리며, 나는 노련한 뱃사람처럼 눈썹을 찌푸리고 노를 저었다. 도시를 벗어나기 위해 나는 양쪽 강기슭의 한가운데를 향해 배를 저어 나갔다. 그래야만 숙달된 뱃사람처럼 보일 수 있었기 때문이다. 작은 배와 뗏목, 증기선들과 어깨를 나란히 하며, 다가섰다 멀어지고 비껴가며 물살을 가를 때의 그 짜릿함이란! 가끔 무거운 배가 물살을 타기 위해 방향을 바꾸는 바람에 나머지 배들의 위치가 바뀌기도 했다.

갑자기 증기선의 바퀴가 내 배 가까이로 와서 물결을 일으켰다. "조심해, 꼬마야!" 누군가 쉰 목소리로 내게 외쳤다.

그림자를 강물에 비치는 마차들이 끝없이 다리를 건너는 땅 위의 삶보다 강물 위를 오가는 삶에 스스로를 얽어매기 위해 나는 그토록 땀을 흘리고 몸부림쳤던 것이다. 아치 다리 끝의 험한 물결, 역류와 소용돌이, 그리고 악명 높은 '죽음의 웅덩이'! 키를 잡아 주는 사람도 없이 열두 살 소년의 팔로 노를 저으며 이런 곳을 지나간다는 것은 여간 어려운 일이 아니었다.

때로는 운 좋게 예인선을 만나기도 했다. 나는 재빨리 예인되는 배 끄트머리로 접근해 내 보트를 묶었다. 이 상태로 노를 날개처럼 공중에 펼쳐 두고 있으면 양쪽 강안의 나무와 집들이 조용히 뒤로 밀려나면서, 강을 두 줄기로 가르며 달리는 띠 거품의 조용한 속도감에 몸을 맡길 수 있었다.

내 앞쪽 제법 떨어진 곳에서 들려오는 추진기의 단조로운 소음과 함께, 낮은 굴뚝에서 한 줄기 가느다란 연기가 피어오르는 예인선에서는 개 짖는 소리가 들렸다. 이 모든 것이 긴 항해와 진정한 선상 생활에 대한 환상을 내게 심어 주었다.

하지만 예인선을 만나는 행운은 그리 자주 있는 게 아니었다. 대부분의 경우는 직접 노를 저어야 했다. 햇볕 쨍쨍 내리쬐는 날에도 나는 힘겹게 노를 저었다. 아! 강 위로 곧장 내리쬐는 한낮의 태양이 지금도 내 몸을 태우고 있는 듯하다. 모든 것이 타올랐고 모든 것이 빛을 뿜어내고 있었다.

모든 움직임에 떨림을 주는 눈부신 대기, 그리고 출렁이는 파도 속에서 물속에 잠긴 나의 노와 물에서 끌어 올려지는 예인선의 밧줄은 막 닦아낸 은처럼 생생한 빛을 토해냈다. 눈을 감고 노를 저으면 격렬한 노질과 배 밑으로 흐르는 물살의 힘으로 인해 내가 아주 빠른 속도로 달려가고 있다는 느낌이 들기도 했다. 하지만 다시 고개를 들면 언제나 같은 나무 담장이 내 앞의 강기슭에 서 있었다.

무더위에 온몸이 땀에 젖고 빨갛게 달아오르도록 혼신의 힘을 다해 노를 젓다 보면 마침내 도시에서 벗어날 수 있었다. 그러다 보면 철 이른 수영객들이나 세탁선, 배를 타려는 사람들의 소란도 점점 멀어져 갔다. 강폭이 넓어질수록 다리들이 서 있는 간격도 점점 띄엄띄엄해졌다. 교외에 있는 정원들과 공장의 굴뚝이 군데군데 보이고 수평선 위에는 푸른 섬들이 떠서 흔들리고 있었다. 더 이상 노를 젓기 힘들면 벌레들이 윙윙거리는 갈대숲을 헤치고 강기슭에 배를 댔다. 그리고 햇볕과 피로감에다가 노란색 꽃이 흩뿌려진 수면에서 올라오는 무거운 열기에 기진맥진한 뱃사공은 그곳에서 한참 동안 코피를 쏟아내곤 했다. 나의 항해는 늘 이렇게 같은 결말로 끝이 났다. 하지만 어쩌랴? 그 결말마저도 내게는 그토록 달콤하게 느껴졌던 것을.

하지만 정말로 끔찍한 것은 집으로 돌아갈 때였다. 아무리 열심히 노를 저어도 학교가 파할 시간을 넘어 도착하곤 했다. 해질 무렵의 감상, 안개 속에서 하나 둘 켜지는 가스등, 병사들의 귀영 나팔 소리, 이 모든 것이 나의 불안과 후회를 깊게 만들었다. 아무 일 없이 집으로 들어가는 사람들이 너무나 부러웠다. 햇볕과 물로 가득 채워진 머릿속은 무거워지고, 귓속에는 윙윙대는 고동소리를 담은 채 집으로 달려가는 내 얼굴은 앞으로 하게 될 거짓말에 벌써 빨개지고 있었다.

대문 너머에서 나를 기다기고 있는, "너, 어디서 돌아오는 길이니?"라는 무서운 말에 대답하기 위해서는 거짓말이 필요했다. 내가 가장 두려워한 것이 그 질문이었다. 계단 앞에서 곧장 대답하기 위해선 뭔가 놀랍고 기상천외한, 추가 질문이 가능치 않은 그런 대답을 준비해야 했다. 그래야만 나는 무사히 집으로 돌아가 한숨을 돌릴 수 있었다. 이런 목적을 위해서는 어떤 거짓말이든 상관없었다. 이를테면 시내 어디에서 불이 났다거나, 강 위의 철교가 무너져 내렸다거나 하는 식의 사고나 끔찍한 사건, 혁명 등에 대한 거짓말들이었다. 그중 지금 생각해도 지나쳤다 싶은 거짓말을 하나 이야기기해 보려 한다.

그날 밤도 나는 늦었다. 한 시간 동안이나 계단 위를 서성이며 나를 기다리던 어머니가 나를 보자마자 소리를 질렀다.

"너, 어디서 오는 길이니?"

어린아이의 머릿속에 품을 수 있는 못된 생각이 얼마나 되겠는가? 너무 허겁지겁 들어온 터라 내 머릿속엔 아무 준비도 되어있지 않았다! 그러다 갑자기 너무나도 엉뚱한 생각이 하나 머릿속에 떠올랐다. 어머니가 로마 시대의 여인처럼 독실하고 열렬한 가톨릭 신자임을 알고 있던 나는 숨을 헐떡이며 감정에 북받친 목소리로 대답했다.

"오, 엄마…… 알고 계세요?"

"뭐가? ……또 무슨 일이 일어난 게냐?"

"교황님이 돌아가셨어요."

"교황님이 돌아가셨다고!"

가없은 어머니는 파랗게 질린 얼굴로 벽에 몸을 기댔다. 나는 내 입에서 나온 어마어마한 거짓말과 그 거짓말의 뜻밖의 효과에 놀라며 재빨리 방으로 들어갔다. 하지만 나는 끝까지 그 거짓말을 우겨 델 자신이 있었다. 지금도 슬프고도 평온했던 그날 저녁이 생생하다. 심각한 얼굴의 아버지와, 슬픔에 잠긴 어머니…… 모두들 식탁에 둘러앉아 목소리를 낮춰 이야기를 나누었다. 나는 눈을 내리깔고 있었다. 이 슬픔에 가려져 나의 일탈을 기억해내는 이는 아무도 없었다.

모두들 서로 다투어 피오 9세의 덕행에 대해 이야기했다. 대화는 점점 역대 교황들로 이어졌고 급기야 로즈 숙모는 피오 7세에 대한 이야기를 꺼냈다. 숙모는 피오 7세가 헌병들의 보호를 받으며 마차 안쪽 의자에 앉아 남프랑스를 지나가는 모습을 분명히 기억하고 있다고 말했다.

"희극 배우……. 비극 배우…….'라고 말한 황제와의 유명한 일화에 대해서도 이야기했다. 그 무서운 장면을 언제나 같은 음성과 같은 몸짓을 하며 이야기 하는 것을 나는 수백 번도 더 들었다.

가족들마다 이런 진부하고 국지적인 전통이 마치 유치한 수도원의 역사처럼 전해 내려오곤 하는 것이다.

늘 똑같던 그 이야기가 그날처럼 흥미 있었던 적은 없었다.

나는 일부러 한숨도 쉬고 질문도 하며 관심 있는 척 했다. 그러면서도 내내 이런 생각을 했다. '내일 아침 교황님이 돌아가시지 않았다는 것을 알게 되어도 다들 너무 기뻐 나를 혼내지도 않을 거야.'

그렇게 생각하는 사이 나도 모르게 눈이 감겨 왔다. 그리고 내 눈앞에 더위에 지친 사온 강변과 파란색으로 칠한 작은 배들, 그리고 사방으로 달리면서 유리 같은 수면 위에 다이아몬드 모양의 줄을 만드는 물거미의 긴 다리들이 환영처럼 떠올랐다.

바닷가의 추수

우리는 아침부터 들판을 가로질러 달렸다. 브르타뉴의 해안을 이루는 구불구불한 길과 곶, 만들 사이로 바다가 언뜻언뜻 나타났다 사라졌다.

이따금 수평선 아래 하늘의 한 단면을 더 짙고 생동감 있게 칠해 놓은 듯한 푸른 바다가 펼쳐졌다. 하지만 구불구불한 길 위에서 모습을 드러냈던 바다는 마치 매복한 게릴라처럼 모습을 감추곤 했다. 이렇게 달리고 달려 우리는 오래된 시골 마을에 도착했다. 어둡고 좁은 길은 알제리의 길들처럼 오물들과 거위, 소, 돼지들로 가득했다. 낮은 문에, 흰 테두리가 있고 석회로 십자가 표시를 해 놓은 고딕풍의 집들은 마치 오두막 같았다. 긴 막대를 질러 고정시키는 덧문들도 바람이 많이 부는 지방이 아니면 볼 수 없는 풍경이었다. 브르타뉴의 이 작은 마을은 세상으로부터 단절된 듯 고즈넉하고 평화로워서 마치 몇 백 미터 땅 속에 들어앉은 느낌이었다. 하지만 얼마 안 돼 우리는 갑자기 성당 앞 광장의 눈부신 빛과 발길을 막는 거센 바람, 그리고 끝없이 밀려드는 파도 소리와 맞닥뜨려야 했다. 그곳에 바다가, 상큼하고 짠 냄새와 함께 부채꼴로 밀려들며 바닷물의 높이를 점점 끌어 올리는 거대하고 끝없는 바다가 펼쳐져 있었다. 마을은 바다 쪽으로 돌출해 있어 둑길을 따라가다 보면 고깃배들이 정박해 있는 조그만 항구에 이를 수 있었다. 성당의 종탑이 망루처럼 바닷가에 우뚝 서 있고 성당 주변을 묘지들이 둘러싸고 있었다. 잡초가 무성한 묘지에는 십자가들이 비스듬히 서 있고 묘지의 낮고 낡은 담벼락에는 돌의자들이 담장에 몸을 기대듯 놓여 있었다.

이곳처럼 바위들 한가운데 자리를 잡고 있으면서 어촌과 전원의 모습을 동시에 가진 아기자기하고도 고적한 마을은 좀처럼 찾아보기 힘들 것이다. 마을의 어부와 주민들은 다소 거칠고 무뚝뚝해 보여 쉽게 마음을 열어줄 것 같지 않았다. 하지만 조금 가까워지면 그 속에서 놀라울 정도의 순박함과 선량함을 발견할 수 있었다. 이곳 사람들은 자신들의 마을과 닮아 있었다. 자갈투성이의 이곳 토양은 거칠고 광석질을 띠고 있어서 길들마저(심지어 태양까지도) 구리와 주석의 번쩍이는 검은 빛이 돌았다. 돌투성이의 좁은 해안가 땅은 험준하고 거칠어 무너진 암벽과 수직으로 깎아

지른 절벽, 파도에 의해 파인 동굴 아래로 바닷물이 함성을 지르며 밀려들었다. 바닷물이 밀려 나가면 마치 좌초한 거대한 향유고래처럼 암초들이 등 위에 흰 거품을 번쩍이며 괴물처럼 모습을 드러냈다.

하지만 해안에서 몇 발자국만 벗어나면 낮은 담장 하나를 사이에 두고 밀밭이며 포도밭이며 야생풀 등이 해안과 기묘한 대조를 이루며 펼쳐져 있었다. 아찔하게 높은 절벽과 레펠을 타고 내려와야 다다를 수 있는 깊은 동굴 그리고 부서지는 파도에서 조금만 시선을 돌리면 단조로운 평원과 친근한 자연의 모습이 평화롭게 펼쳐져 있었다. 지붕들 사이사이, 뚫린 벽 틈, 골목 끝자락으로 언제나 볼 수 있는 청록색의 바다를 배경으로 하면 아주 하찮은 전원 풍경마저도 매우 고상하게 보였다. 탁 트인 공간에서는 닭 울음소리도 더욱 선명했다. 하지만 이 고장에서 가장 아름다운 것은 따로 있었다. 바닷가에서 추수하여 쌓아 놓은 곡식과 푸른 파도를 배경으로 한 황금빛 건초 더미, 구령에 맞춰 도리깨질이 한창인 타작마당, 그리고 바위 꼭대기에 올라 바람이 부는 방향으로 마치 혼령이라도 부르는 듯이 팔을 들어 키질하는 여인들의 모습이었다. 밀알들은 세찬 빗물처럼 규칙적으로 떨어져 내리고 밀짚은 바닷바람에 쓸려갔다. 사람들은 성당 앞 광장이나 둑길, 심지어는 해초가 묻은 그물들을 말리고 있는 부두에서까지 키질을 했다.

그 동안, 바위 아래쪽 바닷물이 드나드는 지대에서는 다른 수확이 이루어졌다. 해초를 수확하는 일이었다. 밀려오는 파도는 해안에 바다 식물들의 푸른 띠를 만들어 놓았다. 바람이 불면 파도를 따라 요란한 소리를 내며 해초들이 밀려왔고, 바닷물이 멀리 밀려가면 바위 위에는 여인의 젖은 머릿결 같은 해초들이 달라붙어 있었다. 사람들은 그것들을 다발로 거둬들여 바닷가에 쌓아 놓았다. 바닷물 색깔을 그대로 간직한 어두운 보랏빛의 해초 더미는 죽어 가는 물고기나 시들어 가는 식물들의 이상한 광채를 내며 쌓여 있었다. 해초 더미가 다 마르면 사람들은 그것을 태워 소다를 만들었다.

　이 특이한 추수는 바닷물이 밀려가며 군데군데 남긴 작은 물웅덩이에서 이루어졌는데 때가 되면 누구라 할 것 없이 마을의 모든 이들이 커다란 갈퀴들을 들고서 맨발로 미끄러운 바위들 사이를 오갔다.

　그들이 지나는 곳마다 놀란 게들이 달아나거나 납작 엎드려 집게발을 내밀었고, 작고 투명한 새우들은 흙탕물 속으로 몸을 숨겼다. 끌어 모은 해초들은 소들이 끄는 수레에 실려 갔다. 고개를 숙인 소들이 울퉁불퉁한 땅 위를 힘겹게 지나가는 모습을 곳곳에서 볼 수 있었다. 가끔은, 거의 접근이 불가능할 것 같은 가파른 언덕길에 물이 줄줄 흐르는 해초를 가득 실은 말을 몰고 가는 사람들도 만날 수 있었다. 어린아이들은 막대기로 들것을 만들어

바다의 수확물들을 실어 나르기도 했다. 이 모든 모습들이 쓸쓸하면서도 강렬한 풍경을 만들어냈다. 잔뜩 긴장한 갈매기들이 자기 알들이 있는 둥지 주위를 울며 맴돌았다. 바다는 위협적이었고 이런 풍경에 언제든 마침표를 찍을 수 있는 힘을 지니고 있었다. 그래서 땅에서와 마찬가지로 거친 물살의 고랑 속에서 이루어지는 수확 또한 침묵 속에서 이루어졌다. 그것은 늘 인색하고 폭력적인 자연 앞에 선 인간의 능동적인 노력이 담긴 침묵이었다. 이런 침묵 속에서 "이랴!" 하고 소를 모는 날카로운 외침만이 동굴 속에 울려 퍼지곤 했다. 마치 묵언을 계율로 하는 트라피스트 수도사들이 조용히 일하는 수도원을 지나고 있는 느낌이었다. 마부들은 지나는 사람들에게 눈길조차 주지 않았고, 소들만이 커다란 눈으로 사람들을 바라보았다.

그렇다고 이곳 주민들이 늘 우울하게 사는 것은 아니었다. 일요일이 되면 사람들은 오래전부터 전해 내려오는 브르타뉴 원무를 즐기곤 했다. 저녁 여덟 시쯤이면 사람들은 성당과 묘지 앞의 거리에 모여들었다. 묘지라는 단어가 조금 무겁게 느껴질 수도 있지만, 이곳에선 전혀 그렇지 않았다. 회양목도, 주목도, 비석도 없었고, 묘지다운 모습도 엄숙함도 찾아볼 수 없었다. 친척들끼리 모여 사는 작은 마을들이 다 그렇듯, 십자가엔 같은 이름들이 반복해서 나타나고는 했다. 묘지 주변엔 잡초들이 무성했다. 묘지 담장은 매우 낮아서 아이들이 올라가 놀기도 했고, 장례식 날 무릏을 꿇은 사람들의 모습이 담장 밖으로 보이기도 했다.

이 낮은 묘지의 담장 밑에선 집에서 나와 앉은 노인들이 햇볕 아래서 실을 잣거나, 고요한 불모의 땅과 영원한 내세의 여행이 시작되는 바다의 경계 사이에서 잠을 자기도 했다.

이곳은 일요일 저녁이면 젊은이들이 춤을 추러 오는 곳이기도 했다. 부두를 따라 일렁이는 파도 위로 달빛이 드리우기 시작하면 젊은 남녀의 무리들이 모여들었다. 그들이 동그란 원을 이루었고 누군가 가냘픈 목소리로 단조로운 멜로디를 선창하면 다른 사람들이 함께 따라 불렀다.

"플라–데텡 마당에서……" 누군가 선창하면
"플라–데텡 마당에서……." 모두가 함께 따라 불렀다.

동그란 원은 점점 활기를 띠고 여자들이 쓴 하얀 모자들이 원을 그리며 나비의 날개처럼 나풀거렸다. 그리고 거의 매번 그렇듯이, 노랫소리의 절반은 바닷바람에 휩쓸려 지워져 버렸다.

"우리 하인이 도망갔다……."
"내가 좋아하는 색깔을 입어야지……."

이곳의 노래들은 가사의 의미보다는 리듬이 더 강조된 춤곡이기에, 이렇게 모음들이 조각조각 끊겨 들려오는 것에서 더욱 순박한 매력이 느껴진다. 희미한 달빛에만 의지한 채 추는 춤은 너무나 매력적이었다. 회색, 검정 또는 흰색이 전부여서, 실제가 아닌 꿈속에서 보는 색채 같았다. 달이 높이 떠오르면 묘지의 십자가와 한쪽 구석에 있는 예수 수난상 십자가의 그림자가 원무를 추는 곳까지 드리워졌다.

마침내 열 시를 알리는 종이 울렸다. 사람들은 뿔뿔이 흩어져 제각기 마을 골목길들을 지나 집으로 향했다. 밖으로 난 낡은 계단, 지붕 모서리, 열린 헛간들 위로 검고 짙은 어둠이 촘촘히 스며들고 있었다. 사람들은 커다란 무화과나무 가지가 드리운 낡은 담벼락을 따라 걸어갔다. 타작이 끝난 밀 껍데기를 밟으며 걸어가는 동안 바다의 냄새와 발효하는 수확물 냄새, 가축들이 쉬고 있는 외양간 냄새가 섞여서 풍겨 왔다.

우리가 살았던 집은 마을에서 조금 벗어난 곳에 있었다. 집으로 돌아오는 길, 우리는 울타리 끝에서 곶 전체를 비추는 등대 불빛들을 보았다. 밝게 빛나는 등대도 있었고, 빙글빙글 돌아가는 등대, 가만히 멈추어 불빛을 비추는 등대도 있었다. 어둠 속에 바다는 보이지 않았고, 그래서 이 검은 암초 섬의 감시등은 마치 조용한 들판에 길을 잃고 서 있는 듯했다.

빨간 자고새의 놀람

여러분도 알다시피, 자고새들은 밭고랑에 함께 둥지를 틀고 무리지어 다니면서 조그만 위험에도 흩뿌려진 씨앗처럼 흩어져 날아오릅니다. 활달하고 개체 수도 많은 우리 무리는 먹이가 풍부하고 안전한 큰 숲 가장자리 들판에 자리 잡고 있었습니다. 깃털이 나기 시작하고 제법 뛰어다니며 먹이를 쪼아 먹을 수 있게 된 나는 사는 게 무척이나 행복하다 느꼈습니다. 하지만 걱정되는 점도 하나 있었습니다. 엄마들끼리 낮은 소리로 소곤대던, 그 악명 높은 사냥철이 시작되었기 때문이지요.

우리 무리의 대장은 이에 대해 이렇게 말하곤 했습니다. "겁낼 필요 없어, 빨강아."

내 부리와 다리가 빨간색이어서 모두들 나를 빨강이라고 불렀답니다.

"겁낼 필요 없어. 사냥철이 시작되면 내가 너를 꼭 데리고 다니마. 그러면 아무 일도 없을 거야."

가슴팍에 말굽 모양 무늬가 있고 여기저기 하얀 깃털이 난 그는 늙었지만 무척 영리했고 아직까지 민첩한 몸을 가지고 있었습니다. 다만 아주 어렸을 적, 날개에 총을 맞은 적이 있어 그 때문에 날개가 약간 무거웠습니다. 때문에 그는 날아오르기 전 몇 번을 더 생각한 뒤 둥지에서 나오고는 했습니다. 종종 그는 나를 숲이 시작되는 곳까지 데려갔습니다. 거기엔 너도밤나무들 사이에 자리한 특이하게 생긴 오두막이 한 채 서 있었습니다. 빈 동굴처럼 조용했고 늘 문이 잠겨 있었지요.

"아가야, 이 집을 잘 봐 둬라." 늙은 새가 말했습니다. "닫혔던 집 현관과 창문이 열리고 지붕 위로 연기가 피어오르면 우리에게 안 좋은 일이 일어날 징조란다."

그에게는 이런 사냥철이 처음이 아니었습니다. 그래서 나는 그의 말을 믿었습니다.

마침내 어느 이른 아침, 저쪽 밭고랑에서 누군가 나를 부르는 소리가 들렸습니다.

"빨강아, 빨강아!"

늙은 새였습니다. 그의 눈빛은 평소와 달라 보였습니다.

"빨리, 빨리, 나를 따라오너라." 그가 말했습니다.

나는 잠이 덜 깬 채 생쥐처럼 땅바닥을 기어 그를 따라갔습니다. 우리는 숲 근처에 다다랐습니다. 지나가면서 보니 작은 집 굴뚝에서 연기가 피어오르고 덧창이 열려 있었습니다. 열린 문 앞엔 총으로 무장한 사냥꾼들이 흥분해 뛰어오르는 사냥개들과 함께 있는 것도 보였습니다. 우리가 지나가는데 사냥꾼 하나가 소리쳤습니다. "아침에는 들판을 뒤지고, 점심 먹고 나선 숲을 뒤지는 거야."

그때서야 나는 늙은 새가 왜 우리를 키 큰 나무들이 있는 숲으로 데리고 갔는지 알 수 있었습니다. 불쌍한 우리 친구들을 생각하니 가슴이 마구 뛰었습니다.

우리가 숲 가장자리쯤에 이르렀을 때 갑자기 사냥개들이 우리 쪽으로 달려왔습니다.

"엎드려! 엎드리란 말이야!" 늙은 새가 몸을 낮추며 내게 소리쳤습니다.

그때, 열 발자국쯤 떨어진 곳에서 놀란 메추리 한 마리가 날개를 펴더니 부리를 크게 벌리고 비명을 지르며 날아올랐습니다. 순간 엄청난 소리와 함께 우리는 이상한 냄새가 나는 하얀 먼지에 둘러싸였습니다. 이제 막 해가 떠오르기 시작했는데도 먼지는 무척 뜨거웠습니다. 나는 너무 무서워서 도망칠 수조차 없었습니다. 잠시 후 다행히 우리들은 겨우 숲 속으로 들어갈 수 있었습니다. 내 친구는 작은 참나무 위에 몸을 숨겼고, 나도 그의 곁에 붙어서 나뭇잎 사이로 밖을 내다보았습니다.

들판에서 끔찍한 총소리가 들려왔습니다. 총성이 울릴 때마다 나는 혼비백산해서 두 눈을 감았습니다. 그러다 겨우 눈을 떠 보면 텅 빈 들판을 미친 듯 뛰어다니며 덤불 속을 뒤지는 사냥개들을 볼 수 있었습니다. 사냥꾼들은 커다란 소리로 개들의 이름을 부르며 뒤따르고 있었습니다. 햇빛에 총열이 반짝였습니다. 순간 조그만 연기구름 사이로 나뭇잎 같은 것들이 떨어져 내리는 게 보였습니다. 주위에 나무 같은 건 없었는데 말입니다. 내 늙은 친구는 그게 깃털이라고 말해 주었습니다. 그리고 정말로 우리가 있는 데서 백 발쯤 떨어진 곳에 회색빛의 멋진 자고새 한 마리가 머리에서 피를 흘리며 밭고랑에 거꾸로 떨어져 내렸습니다.

뜨거운 정오가 되자 총소리가 일시에 멈추었습니다. 사냥꾼들은 포도나무 장작불이 탁탁 소리를 내며 타고 있는 작은 집으로 돌아갔습니다. 총을 어깨에 멘 사냥꾼들은 사격에 대해 이야기를 나누었고 혀를 늘어뜨린 사냥개들은 지친 듯 뒤를 따르고 있었습니다.

"점심을 먹으러 가나 봐. 우리도 점심이나 먹자." 친구가 말했습니다.

우리는 숲 부근에 있는 메밀밭으로 들어갔습니다. 아몬드 냄새를 풍기는 꽃과 곡식들이 있는 희고 검은빛의 커다란 밭이었습니다. 그곳에선 금갈색 깃털의 아름다운 꿩들이 눈에 띄지 않으려고 빨간 볏을 숙이고 곡식을 쪼아 먹고 있었습니다. 아! 하지만 그들은 평소처럼 거만하지 않았습니다. 꿩들은 먹이를 쪼아 먹으면서 우리에게 새로운 소식은 없는지, 혹시 사고를 당한 녀석은 없는지 물었습니다. 그 사이 조용하던 사냥꾼들의 점심 식사가 소란스러워졌습니다. 유리잔이 부딪혔고 병뚜껑을 따는 펑 하는 소리가 들렸습니다. 늙은 친구는 다시 숨어 있던 곳으로 되돌아갈 때가 되었다고 생각했습니다.

그 시간 숲은 잠이 든 것처럼 고요했습니다. 노루가 물을 마시러 오던 작은 연못에는 물결의 흔들림조차 없었고 토끼의 서식지인 백리향 숲에서도 토끼 한 마리 찾아볼 수 없었습니다. 다만 나뭇잎과 풀잎 뒤에서 위협 받는 생명들의 작은 떨림 같은 것들만 느껴질 뿐이었습니다. 숲 속의 사냥감들은 땅굴, 수풀, 나뭇단, 가시덤불 등 많은 은신처들을 가지고 있습니다. 비가 왔을 때만 물이 고이는 숲 속의 작은 웅덩이도 은신처 중 하나입니다. 사실 나는 이런 구덩이 깊은 곳에 숨고 싶었습니다. 하지만 내 친구는 시야가 탁 트인 넓은 곳에서 바깥을 감시하기 원했습니다. 결국 우리는 그렇게 할 수밖에 없었습니다. 사냥꾼들이 숲 밑에까지 다가왔기 때문이지요.

아! 그때 숲에서 들렸던 첫 발의 총소리를 나는 결코 잊을 수 없을 겁니다. 그 총성은 사월의 우박처럼 나뭇잎에 구멍을 내고 나무껍질에 잊히지 않을 선명한 자국을 남겼습니다. 토끼 한 마리가 풀을 잔뜩 움켜쥔 채 들판을 가로질러 도망쳤고, 풋밤을 따던 다람쥐는 밤나무에서 굴러 떨어졌습니다. 숲에 사는 모든 것들을 공포 속에 흔들어 깨운 총성이었습니다. 두세 마리의 커다란 꿩들이 날아올랐고 낮은 나뭇가지들과 마른 나뭇잎들 사이로도 한바탕 소동이 일어났습니다. 들쥐들은 자기들 구멍 깊숙이 숨어들었고, 우리가 웅크리고 있던 나무 구멍에서 나온 사슴벌레는 공포로 얼어붙어서 그 순진하고 커다란 눈망울을 이리저리 굴리고 있었습니다. 파란 잠자리, 벌, 나비, 그리고 가엾은 작은 곤충들이 놀라 사방으로 흩어졌습니다. 진홍색 날개의 메뚜기가 내 부리 앞에 내려앉았지만 나도 너무 무서워 어떻게 해 볼 정신이 없었습니다.

하지만 늙은 새는 여전히 침착했습니다. 개 짖는 소리와 총소리에 귀를 기울이며 소리가 가까워질 때마다 내게 신호를 보냈습니다. 그때마다 우리는 더 멀리, 개들이 냄새를 맡을 수 없는 곳까지 물러나 나뭇잎 뒤에 숨었지요. 하지만 한번은 아찔했던 순간도 있었습니다. 우리가 지나려던 오솔길 양쪽 끝에 사냥꾼이 매복하고 있었던 겁니다. 한쪽은 검은 구레나룻의 키 크고 건장한 남자가 지키고 있었는데 그가 움직일 때마다 사냥칼, 탄약통, 화약통 등의 쇠뭉치들이 덜그럭 소리를 냈습니다. 다른 한쪽에는 키도 작고 나이도 많은 사내가 눈을 껌뻑이며 졸린 듯 나무에 기대 담배를 피우고 있었습니다. 그는 별로 무서워 보이지 않지만 길 저쪽의 남자는…….

"네가 잘 몰라서 그래, 빨강아." 내 친구가 웃으며 말했습니다.

그는 무섭지도 않은지 날개를 활짝 펴고 무서운 구레나룻 사냥꾼의 다리를 스치듯 날아올랐습니다.

하지만 머리끝에서 발끝까지 장비에 둘러싸여 있던 이 한심한 남자가 어깨에 총을 얹었을 때 이미 우린 사정권을 벗어나 있었지요. 본래 사냥꾼들은 숲 속에 자신들만 있다고 착각하지요.

하지만 얼마나 많은 작은 눈들이 덤불 속에서 자기들을 지켜보고 있으며, 얼마나 많은 입들이 자기들의 실수에 고소해하고 있는지 알게 된다면!

우리는 도망치고 또 도망쳤습니다. 나는 늙은 친구를 따라 날개를 파닥거리다가 그가 내려앉으면 함께 날개를 접고 기다렸습니다. 우리가 지나온 모든 곳들이 아직도 눈에 선합니다. 붉은 히스로 뒤덮인 초원과 누런 고목 밑에 난 수많은 땅굴들, 곳곳에 흩어진 시체들을 숨기고 있던 커다란 참나무 그늘, 엄마 페르드릭스가 오월의 봄볕 아래 우리를 데리고 산책을 나가곤 했던 작은 오솔길도 거기 있었습니다. 그때 우리는 발목 위로 기어올라 물어대는 빨간 개미들 때문에 펄쩍펄쩍 뛰기도 하고, 병아리처럼 잘 날지도 못하는 주제에 잘난 체하며 우리와 놀아 주지 않던 아기 꿩들과 마주치기도 했었지요.

마치 꿈속에서처럼 나의 작은 오솔길을 보았을 때는, 마침 커다란 눈의 암사슴 한 마리가 가느다란 다리로 몸을 곧추세운 채 막

공중으로 뛰어오르고 있을 때였습니다. 그리고 우리가 열다섯 또는 서른 마리씩 떼지어 날아와 물을 마시고 깃털 위로 흐르는 물방울들을 서로에게 튀기며 장난치던 늪도 볼 수 있었습니다. 이 늪 한가운데에는 키 작은 오리나무들이 빽빽이 우거져 덤불을 이루고 있었는데, 우리는 바로 이곳에 숨어 있었습니다. 사냥개들이 그곳까지 와서 우리를 찾으려면 아주 뛰어난 코를 가지고 있어야 했습니다. 우리가 숨은 지 얼마 안 되어 노루 한 마리가 이끼 위에 빨간 피 자국을 남기며 세 개의 다리로 겨우 도망쳐 왔습니다. 그 모습이 너무 불쌍해 나는 그만 나뭇잎 사이에 머리를 파묻고 말았습니다. 하지만 상처 입은 노루가 숨을 헐떡이며 물 마시는 소리는 내 귀에 고스란히 들려왔습니다.

날이 저물고 있었습니다. 총성이 점점 멀어지며 뜸해지다가, 이윽고 완전히 멈추어 버렸습니다. 모든 것이 끝난 겁니다. 우리는 친구들의 소식을 듣기 위해 조심조심 들판으로 돌아왔습니다. 그런데 숲 속의 작은 집에서 아주 끔찍한 장면을 보았습니다.

갈색 털의 산토끼들과 회색 털에 작은 흰 꼬리를 가진 토끼들이 나란히 쓰러져 있었습니다. 죽음으로 묶인 작은 발들은 마치 용서를 비는 듯했고 흐릿한 눈은 우는 것처럼 보였습니다. 그리고 내 친구처럼 말굽 무늬를 가진 빨간색과 회색 자고새들, 또한 나처럼 아직도 깃털 아래 솜털이 보송한 갓 태어난 새끼 자고새들도 보았습니다. 죽은 새들보다 더 슬퍼 보이는 것이 있을까요? 날개는 금방이라도 날아오를 듯한데! 저렇게 날개를 접은 채 싸늘하게 식어있는 모습은 온몸을 떨리게 만들었습니다. 크고 멋지게 생긴 노루는 마치 잠든 것처럼 보였습니다. 노루는 아직도 뭔가를 핥으려는 듯 분홍빛의 작은 혀를 길게 빼고 있었습니다.

사냥꾼들은 짐승들의 상처 따위는 아랑곳없이, 허리를 굽힌 채 피 흘리는 다리와 찢겨진 날갯죽지를 사냥 망태에 넣으며 수를 헤아리고 있었습니다. 목줄에 매인 채 길가에 서 있는 사냥개들은 언제든 다시 잡목림 안으로 뛰어들려는 자세로 입술을 핥고 있었습니다.

오! 해가 기울어 가고 지친 사냥꾼들이 저녁의 이슬에 젖은 오솔길 위에 그림자들을 드리우며 사냥개들과 함께 집으로 돌아가는 동안 나는 그들을 얼마나 저주했는지요! 나도 내 친구도 평소처럼 저무는 해를 향해 작별의 짧은 인사말조차 건넬 수 없었습니다.

길을 가던 우리는 사냥감도 아닌데 운 나쁘게 총알 파편에 맞아 개미들의 먹잇감이 되어 버린 작고 불쌍한 동물들과 마주쳤습니다. 주둥이에 먼지를 잔뜩 묻힌 들쥐들도 있었고, 날아가다 총에 맞은 까치와 종달새들은 쉬이 저무는 가을의 쌀쌀한 밤하늘을 향해 빳빳한 다리를 뻗고 있었습니다.

하지만 무엇보다 가장 처량한 것은 숲과 초원 가에서, 그리고 저 아래 강가의 버드나무 숲에서, 안타깝고 구슬프게 누군가를 부르는 응답 없는 메아리 소리였습니다.

거울

북쪽 나라의 니에멩 강가에 열다섯 살 난 식민지 태생의 어린 소녀가 도착했다. 아몬드 꽃처럼 하얀 살결에 분홍빛의 뺨을 지닌 소녀였다. 그녀는 벌새들의 나라에서 왔는데, 사랑의 바람이 그녀를 이곳까지 데려온 것이다. 소녀가 살았던 곳 사람들은 그녀에게 이렇게 말했다. "가지 말거라. 대륙은 춥단다…… 겨울에는 죽을 수도 있어." 하지만 어린 소녀는 겨울을 믿지 않았다. 그녀가 겨울에 대해 아는 것은 아이스크림을 먹을 때의 차가운 느낌 정도가 전부였기 때문이다. 더구나 사랑에 빠져 있던 소녀는 죽는 것도 두렵지 않았다. 마침내 니에멩에 도착한 그녀는 부채와 해먹과 모기장과 고향에서 가져온 벌새들로 가득한 금빛 새 철장들을 가지고 배에서 내렸다.

북쪽 나라에 사는 노인은 햇볕 가득한 남쪽 나라에서 온 꽃 같은 섬 아가씨를 보며 가슴 아파했다. 그는 추위가 어린 소녀와 벌새들을 한 입에 삼켜 버릴 거라고 생각했다. 노인은 커다란 황금빛 태양을 켜고 여름옷으로 갈아입은 뒤 소녀를 맞았다. 순진한 소녀는 거기에 속아 넘어갔다. 그녀는 북쪽 나라에 급작스레 찾아온 더운 날씨가 언제까지나 계속될 거라고 생각했다. 그리고 이 고장의 검푸른 풍경을 봄의 푸르름으로 착각했다. 그녀는 깊은 숲 속 두 개의 소나무 사이에 해먹을 매달고 그 위에서 하루 종일 그네를 타며 부채질을 했다.

"북쪽 나라도 아주 덥네." 소녀가 웃으며 말했다.

하지만 뭔가 의아한 것들이 있었다. 이곳 이상한 나라엔 왜 집집마다 베란다가 없는 걸까? 벽들은 왜 이리 두껍고, 양탄자는 뭐고, 두꺼운 휘장은 왜 있는 걸까? 커다란 도자기 난로와 마당 가득한 장작더미와 옷장 깊숙이 잠들어 있는 파란색 여우 모피와 두꺼운 외투들은 대체 다 어디에 쓰는 걸까? 가엾은 소녀는 얼마 지나지 않아 그 이유를 알 수 있었다.

어느 날 아침, 잠에서 깬 소녀에게 심한 오한이 찾아왔다. 태양은 사라졌고, 땅에 닿을 듯 낮고 검은 하늘에서는 하얀 보푸라기들이 소리 없이 내려와 마치 목화나무 숲처럼 바닥에 하얗게 떨어져 있었다.

겨울, 겨울이 온 것이다! 바람이 불고 난로들은 스르륵 소리를 내며 타올랐다. 금빛의 커다란 새장 속 벌새들은 더 이상 노래하지 않았다. 벌새들은 파랑, 분홍, 루비색, 바다초록색의 작은 날개들을 접은 채 연약한 부리와 작은 눈을 마주보며 얼어붙은 몸을 애처롭게 떨고 있었다. 멀리 숲 속에 매어둔 해먹은 서리를 잔뜩 맞은 채 바람에 흔들리고 있었다. 서리를 맞은 솔잎들은 마치 유리로 만든 실 같았다. 소녀는 더 이상 밖으로 나갈 수 없었다.

소녀는 마치 한 마리 새처럼 난로 옆에 웅크린 채 불꽃을 바라보며 시간을 보냈다. 그 불꽃은 먼 기억 속의 태양을 연상케 했다. 빛을 내며 타오르는 거대한 난로에서 그녀는 자기 고향을 보았다. 햇살 가득한 강가에서 갈색의 사탕을 잔뜩 머금고 자라나는 사탕수수 나무와 황금빛 먼지 아래 흔들리는 옥수수, 오후의 낮잠, 밝은 색 블라인드, 짚으로 짠 돗자리, 밤하늘의 별들, 들끓는 파리 떼, 그리고 꽃밭과 모기장 사이를 윙윙대며 날아다니는 수많은 벌레들까지……

이렇게 소녀가 불꽃 앞에서 꿈을 꾸고 있는 동안 겨울날은 점점 짧아지고 점점 깜깜해졌다. 아침마다 새장에서 죽은 벌새를 한 마리씩 꺼내야 했다. 얼마 지나지 않아 벌새는 두 마리 밖에 남지 않았고, 구석에서 두 개의 푸른 깃털 뭉치만 서로를 보듬어 주고 있었다.

그날 아침 소녀는 일어날 수 없었다. 북국의 얼음에 갇힌 마온 항구의 어선처럼 추위가 소녀를 꼼짝 못하게 만든 것이다. 날은 어두웠고 방안에는 슬픔이 감돌았다. 유리창 위에는 두꺼운 비단 커튼처럼 성에가 쌓였다. 마을은 죽은 듯했고 조용한 거리에서는 증기 제설차가 구슬픈 소리를 내며 지나갔다. 소녀는 침대 위에서 심심풀이로 부채의 금속 장식을 반들반들하게 닦거나 커다란 인도식 깃털 술 장식이 달린 거울에 자기를 비춰 보면서 시간을 보냈다.

겨울의 낮은 점점 더 짧아지고 점점 더 어두컴컴해졌다. 레이스 장식이 달린 침대 위에서 소녀는 점점 야위어 갔고 비탄에 잠겼다. 무엇보다 그녀를 슬프게 한 것은 자신의 침대에서는 더 이상 불을 볼 수 없다는 것이었다. 소녀는 두 번 고향을 잃은 것 같았다. 때때로 소녀는 물었다.

"방에 불이 있나요?"

"그럼, 아가야. 불이 있고말고. 벽난로가 훨훨 타고 있어. 장작이 튀는 소리와 솔방울 터지는 소리가 들리지 않니?"

"오! 어디 봐요."

하지만 소녀가 아무리 몸을 숙여도 불은 보이지 않았다. 너무 멀리 떨어져 있었기 때문이었다. 소녀에게 불꽃은 보이지 않았고 그런 상황이 소녀를 더욱 절망하게 만들었다.

소녀가 베개 끝에 머리를 누인 채 여전히 보이지 않는 불꽃에 시선을 두고 창백한 얼굴로 생각에 잠겨 있던 어느 날 밤, 그녀의 남자 친구가 다가와서 침대 위에 있던 거울을 집어 들었다.

"불을 보고 싶어? 그렇다면 기다려 봐."

남자 친구는 벽난로 앞에 무릎을 꿇고 앉았더니 마술을 부리듯 거울에 반사된 불꽃을 소녀에게 보여 주었다.

"불이 보이니?"

"아니, 아무것도 안 보여."

"그럼, 지금은?"

"아니, 아직도 안 보여……."

그런데 갑자기 소녀가 얼굴 전체로 반사되는 빛을 받으며 기뻐 외쳤다.

"오! 보인다! 보여!"

그리고 소녀는 두 눈 깊은 곳에 조그만 불꽃 두 개를 담은 채 미소 지으며 죽어 갔다.

치열한 전쟁 속에서도
뚜렷하게 드러나는 인간미

알퐁스 도데의 《월요 이야기 Contes du Lundi》는 1871년부터 1973년까지 여러 신문에 실렸던 짧은 이야기들을 모은 단편집입니다. 우리에게 잘 알려진 단편 〈마지막 수업〉 또한 이 단편집에 실려 있습니다. 그 이야기를 따라서 《마지막 수업》이라고 이름 붙인 이 책은 월요 이야기 중에서도 가장 잘 써졌다고 평가되는 단편들을 수록해 놓은 책입니다. 대표작 〈마지막 수업〉을 통해서도 알 수 있듯이, 이 책에 실린 대부분의 이야기들이 전쟁과 혁명으로 사회가 소용돌이치던 시대를 배경으로 하고 있습니다. 따라서 이 책을 제대로 이해하려면 이 소설의 배경이 된 역사적 사건들에 대한 약간의 지식이 필요합니다.

이 소설집의 배경과 주제를 관통하는 가장 큰 사건은 바로

1870년에서 1871년까지 벌어졌던 프랑스-프로이센 전쟁입니다. 강력한 독일 민족국가의 수립을 원하던 프로이센의 재상 비스마르크의 책동에 의해 발발한 이 전쟁에서 프랑스는 참담한 패배를 당합니다. 전쟁이 벌어진지 불과 2개월여 만에 프랑스 황제 나폴레옹 3세가 10만이 넘는 병사들과 함께 포로가 된 뒤 항복하고 만 것입니다. 불과 육칠십 년 전 나폴레옹 1세의 군대가 전 유럽을 제패하였고, 스스로 유럽의 강대국임을 자처했던 프랑스의 패전은 국민 모두에게 큰 충격이었습니다.

그러나 자신들의 황제가 항복한 뒤에도 프랑스 국민들은 정복자에 대한 항거를 계속합니다. 프랑스 민중들은 스스로 나서 황제 나폴레옹 3세를 폐위하고 제3공화국 수립을 선포한 뒤 국민방위군을 결성하여 수도를 지키기 위한 결사항전을 계속합니다. 이에 프로이센군은 다시 파리로 진격하여 파리를 포위하며 공격을 계속했고 나폴레옹 시대의 옛 군인들이 주축이 된 임시정부는 시민과 함께 항전을 계속합니다.

이것이 이 작품집에 자주 언급되는 '파리 포위전'입니다. 이 포위전 동안 많은 병사들이 포화 속에서 쓰러져 갔고 그보다 더 많은 시민이 굶주림과 전염병으로 죽는 고초를 겪습니다. 이 단편집에 실린 〈어머니들〉 〈전초기지에서〉 〈베를린 포위〉 〈소년 첩자〉 등 많은 작품들에서 우리는 파리 포위전 당시의 사회 분위기와 프랑스 국민들이 겪었던 고초를 느낄 수 있습니다.

하지만 그 수가 적어 계속 대항하기엔 역부족이었던 국민방위군은 5개월의 저항 끝에 마침내 항복하고 휴전 협정에 조인합니다. 1648년에 맺어진 강화 조약인 베스트팔렌 조약으로 프랑스령으로 편입되었던 알자스-로렌 땅을 새로 탄생한 독일제국에 빼앗기게 된 것입니다. 뿐만 아니라 당시 독일의 재상이었던 비스마르크는 프랑스의 궁전이 있는 베르사유에서 당당하게 독일제국의 선포식을 가짐으로써 프랑스 국민들에게 큰 굴욕감을 안겨줍니다. 이 단편집에 실린 〈마지막 수업〉은 독일에 굴욕을 당하고 영토와 언어마저 빼앗기게 된 알자스의 한 마을을 배경으로 하여 프랑스인들이 느꼈던 박탈감과 분노가 표현된 작품입니다.

하지만 전쟁이 준 사회적 혼란은 여기서 그치지 않았습니다. 프로이센과의 평화협정 과정에서 왕당파들은 프로이센에 일방적으로 유리한 조약을 내주고 자신들의 기득권을 유지하기 위해 다시 왕정으로 돌아가려 합니다. 이런 움직임에 노동자를 중심으로 한 시민들의 항쟁이 벌어집니다. 일제히 봉기한 파리의 민중들은 자체적으로 실시한 투표를 통해 파리 코뮌 Paris Commune이라는 최초의 사회주의 자치정부를 수립합니다. 하지만 파리 근교의 베르사유로 피신해 있던 구 정권은 프랑스 정규군을 동원하여 파리로 진입합니다. 시민들은 모두 무기를 들고 바리케이드 앞으로 나아가 대항했으나 역부족이었습니다. 정부군은 일주일 동안 저항하는 코뮌군 2만 명을 무참히 학살했고 이후에도 이들 저항군을 색출하여 체포하거나 추방합니다. 당시에 벌어진 학살극에 대해서는 이 책의 〈페르라셰즈 전투〉에 적나라하게 묘사되어 있습니다. 이렇게 프랑스-프로이센 전쟁, 파리 포위전, 파리 코뮌으로 이어지는 일련의 사건들은 이 책의 주요 소재와 무대가 됩니다.

하지만 이 책의 모태인《월요 이야기》는 알퐁스 도데가 여러 매체를 통해 발표한 작품들을 모아놓은 작품집이기 때문에 모든 작품들이 전쟁이라는 일관된 주제로 구성되어 있지는 않습니다. 이 작품집은 2부로 나뉘어져 있는데, 제1부는 '판타지와 이야기'라는 제목이, 제2부는 '공상과 기억'이라는 제목이 각각 붙어있습니다. 그 중 전쟁을 배경으로 하는 작품들은 대부분 제1부에 실려 있습니다. 〈마지막 수업〉〈당구 게임〉〈소년 첩자〉〈어머니들〉〈베를린 포위〉 등이 여기에 포함됩니다. 제2부는 〈마지막 책〉〈아르튀르〉〈세 번의 경고〉〈크리스마스 이야기〉〈어린 자고새의 놀람〉 등 인간 심리나 사회에 대한 날카로운 관찰, 시적 정취가 넘치는 문체 등 본래 도데가 지녔던 문학적 특징이 잘 드러나는 작품들로 구성되어 있습니다.

이 책에 실린 많은 단편들이 프랑스-프로이센 전쟁을 배경으로 한 작품들이며 애국심을 주제로 하고 있습니다. 프랑스가 전쟁에서 굴욕적인 패배를 당하자 사회 전체에 국민의 단결과 애국심을 호소하는 분위기가 끓어올랐습니다. 이런 사회 분위기는 예술계와 문단에도 영향을 미쳐 이 전쟁을 다룬 작품들이 많이 쏟아져 나왔습니다. 졸라, 모파상, 위스망스 등의 문인들이 이 전쟁을 배경으로 한 작품들을 한 권의 책으로 묶어《메당의 밤 Les Soirées de Médan》이란 작품집을 내기도 했는데 여기에 실렸던 모파상의 〈비계 덩어리〉는 이 작가를 일약 유명 작가로 만들어준 작품이기도 합니다.

하지만 이 전쟁을 소재로 작품을 쓴 많은 작가들 중 이 전쟁을 직접 체험한 이는 도데가 거의 유일합니다. 이 책에서 도데가 기술한 전쟁은 대부분 그가 직접 보고 몸으로 부닥친 것이었습니다.

1870년 7월 전쟁이 발발했을 때 그는 샹로제에서 휴가를 보내고 있었습니다. 휴가 중 다리를 다치는 바람에 곧장 파리로 되돌아가지는 못했지만 도데는 몸이 회복되자마자 파리로 달려가 국민방위군에 자원합니다. 이렇게 해서 도데는 프로이센에 맞서 파리를 지키는 전투에 참여하고 참혹한 전쟁을 직접 눈과 몸으로 체험합니다. 프랑스의 유력 신문인 〈르 피가로〉의 기자로 활동했던 그는 자신이 직접 본 전쟁의 현장을 마치 기사를 쓰듯이 생생하게 묘사합니다. 이 책에 실린 〈전초기지에서〉에서도 도데는 스스로 실제 사건들의 목격자 또는 단순 기록자임을 자처합니다.

"앞으로 펼쳐질 이 이야기는 전초기지를 누비며 그날그날 적어놓은 메모다. 파리 포위가 한창이던 무렵 수첩에서 뜯어낸 종이한 장에 적어 놓았다. 무릎 위에서 아무렇게나 갈겨 쓴데다 포탄

쪼가리처럼 갈기갈기 찢겨졌지만, 내용을 하나도 바꾸지 않았고 다시 읽어 보지도 않았다. 여기에 있는 그대로를 옮겨 적으려 한다."

하지만 누가 뭐래도 그는 소설가이며 그의 작품들은 소설의 형식을 빌리고 있습니다. 소설가인 도데에게 문체와 이야기 구성 그리고 상상력은 기본이기 때문입니다. 전쟁과 애국심을 기본 주제로 했다 하더라도 여기 실린 작품들에는 도데의 소설적 특징들이 고스란히 녹아 있습니다. 무엇보다도 도데는 최고의 이야기꾼이었습니다. 끔찍한 전쟁을 묘사함에도 그의 글은 낭만적 서정과 풍자, 위트, 몽환적 상상 등으로 가득 차 있습니다.

〈쇼뱅의 죽음〉에서 보듯, 맹목적 애국심이 팽배하던 사회 분위기 속에서도 그는 자신의 문학을 맹목적인 애국주의에 복무시키지 않습니다. 침략자인 프러시아 군인들을 관찰하는 그의 시선은 적개심 대신 인간에 대한 연민으로 가득합니다. 작가의 냉철한 지성은 그들 또한 전쟁의 희생자일 뿐임을 간파하고 있습니다. 조국을 위해 죽어간 수많은 병사들, 자유와 평등의 이념을 세상에 펼치려다 희생된 파리 코뮌의 전사들은 영웅이 아닌, 역사의 희생자들로 그려질 뿐입니다. 〈쇼뱅의 죽음〉이나 〈베를린 포위〉 같은 작품에서는 맹목적인 애국심이 과연 정당한 것인가에 대한 작가의 의구심이 드러나 있습니다.

그가 기록하는 전쟁과 혁명의 역사는 작고 보잘것없는 소시민들이 엮어내는 생존의 드라마입니다. 도데의 소설 속에서 역사에 기록된 결정적인 전투나 전쟁 영웅은 등장하지 않습니다. 이렇게 커다란 역사적 사건과 영웅이 사라진 곳에서 전쟁과 혁명은, 작가 스스로 말하듯, 한 편의 '멜로드라마(통속극)'가 되고 맙니다. 하지만 도데가 그리는 드라마에는 통속함 대신 인간의 욕망과 나약함, 어리석음에 대한 예리한 통찰로 가득 차 있습니다.

　엄밀하게 말하자면 도데의 스타일이나 문체는 전쟁 이야기에 잘 어울리지 않습니다. 참혹한 전쟁을 묘사하는데도 그의 글은 시적 정취가 넘칩니다. 전쟁 이야기 속에 자주 동화(〈프랑스 요정〉 〈어린 자고새의 놀람〉)나 우화(〈당구 게임〉) 민담(〈거울〉)등의 다양한 기법을 사용합니다. 그 전에 출간된 단편집 《풍차방앗간 편지》에서 발췌한 단편들을 모은 《별》에서 보여주었던 그의 다양한 소설적 실험은 이 책에도 그대로 나타나고 있습니다.

　《별》에 실린 단편들과 비교했을 때 이 책의 단편들이 지니는 도드라진 특징은 '팡테지 fantaisie'입니다. 영어의 판타지가 '환상'이나 '상상'을 뜻한다면 프랑스어인 '팡테지'라는 말에는 환상 외에 환영, 몽상, 망상, 기괴한 상상 등이 포함됩니다. 이렇게 그가 그리는 현실 속에는 자주 '팡테지'가 끼어듭니다. 〈콜마르 재판관의 환상〉이나 〈프랑스 요정〉 〈첫 공연〉 〈치즈 수프〉 〈크리스마스 이야기〉 등에는 주인공이나 글의 서술자가 갑자기 경험하는 백

일몽이나 착란 같은 현상들을 자주 볼 수 있습니다. 이런 팡테지는 잔인한 현실을 견딜 수 없을 때 상상 속에서 변형되거나 왜곡되며 나타납니다. 전작《별》의 작품들에서는 잘 등장하지 않았던 이런 현상은 1870년과 1871년에 걸쳐 벌어진 충격적인 사건들이 작가 도데에게 준 새로운 소설적 징후라 할 수 있습니다.

'공상과 기억'이라는 제목이 붙은 이 책의 2부의 작품들에는 도데의 문학적 색채가 조금 더 강하게 드러납니다. 1부의 대부분 작품들이 전쟁과 혁명의 역사적 사건을 주제로 삼았다면 2부에는 평범한 사람들의 소소한 일상 이야기들이 전개됩니다.《별》에 실린 작품들이 시골과 전원을 주요 배경으로 하고 있다면 2부에 그려지는 일상들은 도시, 그 중에도 파리를 주요 배경으로 하고 있다는 것이 큰 차이입니다. 〈아르튀르〉 등의 작품에서 작가는 빈민 지역의 누추한 가옥들과 노동자들의 힘겨운 삶 그리고 가난과 악다구니를 벌이는 모습을 그리고 있습니다. 〈첫 공연〉이나 〈치즈 수프〉 등에서는 한때 극작가로 활동했던 자신의 경험을 토대로 가난한 예술가의 갈등과 심리상태를 몽환적으로 보여줍니다.

알퐁스 도데에 대해 우리가 흔히 하게 되는 오해 중 하나는 그가 낭만적이거나 탐미적인 시각으로 세상을 바라보았을 거라는 생각입니다. 우리에게 잘 알려진 〈별〉이나 〈마지막 수업〉 같은 작품에 쓰인 문체 때문에 생겨난 오해입니다. 실제로 그가 그리는 현실의 모습은 냉혹하고 무자비합니다. 작가가 묘사하는 인물들이나 그들이 벌이는 해프닝은 우스꽝스럽지만 다 읽고 나면 그 속에는 쓰디쓴 비애가 깃들어 있음을 알 수 있습니다.

이는 알퐁스 도데가 19세기 프랑스의 자연주의와 사실주의 문학에 뿌리를 둔 작가라는 사실과도 무관하지 않습니다. 사실주의는 현실을 아름답게 윤색하거나 과장하지 않고 있는 그대로 객관적으로 그려내는 것을 예술적 소명으로 삼습니다. 자연주의는 여기서 더 나아가 인간의 본성에 대한 관찰과 실험이 더해집니다. 도데는 탁월한 언변과 화술로 평범한 이야기조차 맛깔나게 만들어낼지언정 현실을 미화하거나 과장하지는 않습니다. 공쿠르, 플로베르, 졸라 등의 문인들과 교류하며 리얼리즘의 시대의 한복판에서 활동했던 그에게 인간 대중들의 삶은 엄밀한 관찰과 탐구의 대상이었을 것입니다.

그럼에도 그가 그리는 냉혹한 현실이 때론 우리 입가에 미소를 띠게 만드는 것은 작가가 대상에 대해 공감과 연민의 끈을 놓지 않기 때문입니다. 알퐁스 도데는 자신 또한 스스로가 관찰하는 대상과 다르지 않다는 사실을 깊이 알고 있는 작가입니다. 때문에 엄혹한 세상 속에서 보잘것없는 인간들이 펼치는 드라마가 작가 자신을, 나아가 독자들을 웃고 울게 만들 수 있는 것인지 모릅니다.

조정훈

1868년 5월 6일 프랑스 파리에서 태어났다.

1840년 5월 13일 프랑스 남부의 님에서 아버지 뱅상 도데와 어머니 아들린 레이노 사이에서 삼 형제 중 막내로 태어났다.

1855년 리몽 중학교에서 공부하던 중, 비단 도매상인 아버지가 파산하면서 가세가 기울자 중퇴했다. 그리고 이후 1857년까지 알레스 공립 중학교에서 복습 교사로 일했다.

1858년 형 에르네스트 도데의 도움으로 파리로 이사했다.

1859년 처녀작인 시집 《사랑에 빠진 연인들 Les Amoureuses》로 문단에 데뷔하여 지식인들의 주목을 받았다. 이로 인해 〈르 피가로 Le Figaro〉지의 기자로 발탁되었다. 파리에서 프로 방스 시인 프레데릭 미스트랄을 만나 교류했다.

1860년 입법의회 의장인 샤를 드 모르니 공작의 비서가 되었다.

1862년 연극에 관심을 가져 희곡 〈마지막 우상〉을 발표했다.

1865년 《풍차 방앗간 편지》의 집필을 시작했다.

1866년 잡지 〈레벤느망 L'Événement〉에 《풍차 방앗간 편지》 12편 을 게재했다.

1867년 쥘리아 알라르와 결혼했다.

1868년 자신의 불우했던 어린 시절과 학교생활 등을 회고하는 자전 적 소설인 《꼬마 철학자 Le Petit Chose》를 발표했다. 샹로 제에 있는 작은 시골 마을로 이주했다.

1869년 첫 소설집 《풍차 방앗간 편지》를 출간했다. 이 작품은 극찬 을 받았다. 이후 소설가로 전향했다.

1872년 열정적인 청년의 실연을 그린 〈아를의 여인〉이 비제의 음악으로 상연되었고, 고향에 대한 애정을 표현한 《타라스콩의 타르타랭》을 발표했다.

1873년 1870년 발발한 프랑스–프로이센 전쟁으로 전쟁의 참상과 비참함을 느낀 도데는, 전쟁터에서의 경험을 토대로 패전국의 비애와 조국애를 담은 이야기들을 묶어 단편집 《월요 이야기 Contes du lundi》를 출간했다. 고요하고 아름다운 문장으로 표현했으나, 때때로 날카로운 풍자가 돋보이는 작품이었다. 유명 작품인 〈마지막 수업〉 〈기수〉 〈소년 간첩〉 등이 실렸다.

1874년 생활에 여유가 생기고 자신의 문학성에 자신감을 얻은 도데는 당시 유행하던 사실주의에 심취하여 현대 사회의 풍속을 묘사하는 데 전념한다. 파리의 산업 구조를 서술한 《동생 프로몽과 형 리슬레르 Fromont jeune et Risler ain》를 발표했다.

1876년 《자크 Jack》를 출간했다.

1877년 재계(財界)와 정계(政界)를 묘사한 《나바브 Le Nabab》를 발표했다.

1879년 척수감염이라는 불치의 병에 걸렸다.

1882년 어머니가 사망했다.

1883년 《전도사 L'Evangéliste》를 발표했다.

1884년 방랑하는 예술가의 이야기인 《사포 Sapho》와 《누마 루메스탕 Numa Roumestan》을 발표했다.

1885년 《알프스의 타르타랭 Tartarin sur les Alpes》을 발표했다.

1887년 샹프로제에 집을 매입했다. 이 저택에 에드몽 드 공쿠르, 에밀 졸라 등 많은 문인들이 드나들었다.

1889년 수필집 《회상록 Souvenirs d'un homme de lettres》을 발간했다.

1897년 《아르탈랑의 보물 Trésor d'Artalan》을 발표했다. 12월 16일, 파리의 저택에서 가족들과 식사하던 도중에 갑자기 사망했다. 페르라셰즈 묘지에 안장되었다.

옮긴이 조정훈

이화여자대학교 불어불문과를 졸업한 뒤 보르도 3대학과 파리 3대학에서 수학했으며, 현재는 전문 번역가로 활동하고 있다.

옮긴 책으로는 《세잔과의 대화》《르코르뷔지에의 동방기행》《경제는 거짓말을 하지 않는다》《원더풀 월드》 등의 대중서와 《별자리 이야기 15가지》《샤를의 기적》《1층에 사는 키 작은 할머니》 등 다수의 동화가 있다. 〈출판 저널〉에 프랑스의 신간을 소개하는 칼럼을 연재하기도 했다.

더클래식 세계문학 컬렉션 중에서 《좁은 문》을 번역했으며, 현재 알퐁스 도데 단편선 두 번째 권 《마지막 수업》 번역을 끝낸 후 앙드레 지드의 《지상의 양식》을 번역하고 있다.

마지막 수업 도데 단편선 ❷

개정 1쇄 펴낸 날 2020년 7월 20일
개정 2쇄 펴낸 날 2021년 1월 30일

지 은 이   알퐁스 도데
옮 긴 이   조정훈
펴 낸 이   장영재
펴 낸 곳   (주)미르북컴퍼니
자 회 사   더클래식
전   화   02)3141-4421
팩   스   02)3141-4428
등   록   2012년 3월 16일(제313-2012-81호)
주   소   서울시 마포구 성미산로32길 12 2층 (우 03983)
E-mail   sanhonjinju@naver.com
카   페   cafe.naver.com/mirbookcompany

더클래식

세계문학
컬렉션

11 | 그리스인 조르바 | 니코스 카잔차키스

미국대학위원회 선정 SAT 추천도서 / 한국간행물윤리위원회 선정추천도서
한국출판인회의 출판인이 선정한 100권의 도서

12 | 위대한 개츠비 | 프랜시스 스콧 피츠제럴드

〈타임〉지 선정 현대 100대 영문소설 / 어니스트 헤밍웨이가 인정한 완벽한 일급 작품
20세기 100대 영문소설 1위 / 미국대학위원회 선정 SAT 추천도서 / 뉴욕 공립도서관 추천도서
대한민국 명사 101인의 대표 추천작 / WTO 북클럽 추천도서

13 | 도리언 그레이의 초상 | 오스카 와일드

미국대학위원회 고교 추천도서 101 / 대한민국 명사 101의 대표 추천작

14 | 벨 아미 | 기 드 모파상

모파상의 가장 매력적이고 파격적인 작품 / 19세기 파리를 뒤흔든 파격 스캔들
2012년 개봉한 영화 〈벨 아미〉 원작

15 | 이상한 나라의 앨리스 | 루이스 캐럴

난센스와 판타지의 대표작 / 아카데미 '미술상' 수상한 영화의 원작
19세기 가장 유명한 영국 아동문학 작가

16 | 두 도시 이야기 | 찰스 디킨스

영국이 낳은 가장 위대한 소설가 / 영화 〈다크나이트〉의 모티프
미국대학위원회 선정 SAT 추천도서 / 서울시 교육청 선정 청소년 필독도서

17 | 햄릿 | 윌리엄 셰익스피어

대한민국 명사 101인의 대표 추천작 / 서울대학교 권장도서 100선 / 서울대학교 동서고전 200선
연세대학교 필독도서 / 미국대학위원회 선정 SAT 추천도서 / 국립중앙도서관 선정 청소년 권장도서

18 | 오페라의 유령 | 가스통 르루

4대 뮤지컬 〈오페라의 유령〉 원작 소설 / 프랑스 최고 추리소설 작가

19 | 1984 | 조지 오웰

〈타임〉지 선정 세상을 움직인 책 100권 / 〈텔레그라프〉지 완벽한 도서관을 위한 권장도서 100
세계 3대 디스토피아 미래 소설 / 〈가디언〉지 권장도서 / 뉴욕 공립도서관 추천도서
하버드 대학생이 가장 많이 산 책 1위

20 | 수레바퀴 아래서 | 헤르만 헤세

대한민국 명사 101인의 대표 추천작 / 헤르만 헤세의 사춘기 시절 경험을 바탕으로 한 자전적 소설
노벨문학상 수상 작가/ 국립중앙도서관 선정 청소년 권장도서

21 22 23 | 안나 카레니나 1~3 | 레프 니콜라예비치 톨스토이

톨스토이 생애 최고의 리얼리즘 소설 / 서울대학교 권장도서 100선 / 서울대학교 동서고전 200선
연세대학교 필독도서 / 미국대학위원회 선정 SAT 추천도서 / 오프라 윈프리 북클럽 권장도서
논술 및 수능에 출제된 책(1998~2005)

24 | 오즈의 마법사 1 – 오즈의 위대한 마법사 | 라이먼 프랭크 바움

미국대학위원회 선정 SAT 추천도서 / 연세대학교 필독도서 / 국립중앙도서관 선정 우수 번역서

* 더클래식 세계문학 컬렉션은 계속 출간될 예정입니다.